Een goede nachtrust

‘Een aanwinst voor onze literatuur. Peter Buurman laat zien dat mensen nooit geheel samenvallen met de rollen die anderen hen toedichten. Dat is een fris tegengeluid in het identiteitsdebat in de kunsten.’

– ★★★★, NRC HANDELSBLAD

‘Peter Buurman kleurt in dit voortreffelijke én intrigerende debuut prettig buiten de lijntjes.’

– DE MORGEN

‘Een magisch-realistische roman, waarin werkelijkheid en realiteit moeilijk te onderscheiden zijn.’

– DE TELEGRAAF

‘Een origineel, absurdistisch debuut – een verwarrend, totaal onalledaags verhaal, gevat in heldere, dagelijkse zinnen.’ – HET PAROOL

‘Een pageturner die leest als een magisch-realistische trip door een slapeloze nacht, op het randje van droom en werkelijkheid.’ – EINDHOVENS DAGBLAD

‘Een vernuftige en grappige mozaïekvertelling.’

– DE VOLKSKRANT

‘Vlot, spitant en fantasierijk.’ – ★★★★, KNACK

Peter Buurman

EEN GOEDE NACHTRUST

DAS MAG UITGEVERS

Peter Buurman (1992) is redacteur bij De Speld, schreef mee aan *Zondag met Lubach*, #BOOS en *De Boterhamshow* en maakte de podcasts *Neutrale Kijkers* en *Boeken FM*.

Eerste druk: januari 2020
Tweede druk: februari 2020

Ontwerp: Lyanne Tonk
Productiebegeleiding: Tim Beijer
Auteursfoto: Willemieke Kars

NUR 301

www.dasmag.nl

What is it that allows us the creative freedom in our dreams that we don't have in our waking lives?

– CHARLIE KAUFMAN

I

1

Toen de man wakker werd wist hij nog niet wie hij was. Hij wist niet eens dat hij wakker was, flarden van zijn dromen vervaagden terwijl hij ze probeerde te bekijken. Zijn tong was droog en gevoelloos, zijn gehemelte was bedekt met een laagje opgedroogd speeksel. Hij voelde dat hij gestoord was midden in iets belangrijks, maar hij wist al niet meer wat dat was. Hij kwam van ver. Iemand had zijn lichaam verplaatst terwijl hij sliep, maar hij opende zijn ogen en zag dat het zijn kamer was. Het was donker, alleen de lantaarnpaal voor zijn raam wierp een vaag schijnsel door de gordijnen. Zijn lichaam lag in bed, langzaam werd het weer van hem.

Hij liet zijn hoofd opzijvallen om te zien hoe laat het was. De wekker op zijn nachtkastje toonde geen tijd, alleen vage rode vlekken die traag leken te golven. Met een zucht draaide hij zijn hoofd weer terug en hij staarde naar het plafond. Of nou ja, hij wist niet of hij het plafond zag of dat zijn blik door het donker al eerder ophield. Zo bekeken zou hij toch ook gewoon met zijn ogen open weer in slaap moeten kunnen vallen, dacht hij, en hij probeerde het maar het lukte niet.

Het was donker en stil. Hij hoefde de exacte tijd ook niet te zien om te weten dat het nacht was en dat hij eigenlijk zou moeten slapen. Wakker worden voelde als een vergissing, een ongelukje. Hij had weer op zijn rug gelegen, vlak voor hij wakker werd had hij zichzelf horen snurken. Hij probeerde het opgedroogde speeksel weg te slikken en sloot zijn ogen weer. Dat was de eerste stap, doen alsof, en dan zou de werkelijkheid vanzelf volgen.

Maar hoe langer hij daar lag, hoe zekerder hij wist dat het niet overtuigend was wat hij deed. Je kunt altijd aan de ademhaling horen of iemand echt slaapt en hij ademde als iemand die zich duidelijk bewust is van hoe hij ademhaalt, te snel en te nadrukkelijk. Hij moest ademhalen als iemand die zich niet bewust is van zijn ademhaling.

In de verte trok een scooter knetterend op. De man zuchtte. Alleen het geluid stond hem al tegen. Wie zitten er toch op die dingen? Ze gaan te langzaam voor de weg en te hard voor het fietspad, maar ook weer niet zo hard dat je ze kunt gebruiken voor lange afstanden, waardoor je ze uiteindelijk toch gaat gebruiken voor afstanden die je ook op de fiets kunt afleggen. Het enige voordeel is dat je hooguit vijf minuten eerder op je bestemming bent, ja, of dat je niet hoeft te trappen misschien, maar dat is eigenlijk geen voordeel. Als het kouder wordt leggen scooterrijders een dekentje over hun benen, maar als ze nou fietsten, dacht de man, dan zouden die benen zichzelf warm kunnen houden.

De cijfers op zijn wekker waren inmiddels één rode vlek geworden. Het was niet eens zeker dat er nog wel een wekker was, hij kon alleen de vlek zien die langzaam naar boven dreef als een druppel in een lavalamp. Ik kan ook niet slapen als ik over scooters blijf nadenken, dacht de man. Ik moet stoppen met denken.

Of nee, dacht hij enkele seconden later alweer. Misschien moest hij er juist even uit. Even een glaasje water drinken, hoofd leegmaken en dan weer terug naar bed. Maar hoezeer dat idee hem ook beviel, toen hij er gevolg aan wilde geven hield iets hem tegen. Hij had de deken van zich af willen slaan maar hij kon zich niet verroeren. Het was alsof hij met touwen aan zijn bed was gebonden. Hij zat vast.

Hij had nog niet begrepen wat het was dat hem tegenhield toen beneden de voordeur met een luide knal opensloeg. Glas rinkelde op de tegels in de gang en een wild dier rende naar binnen. Een wild dier met gymschoenen aan. De zolen piepten op de vloer. Hij probeerde zich los te wrikken uit wat het ook was dat zich om zijn lichaam wikkelde, maar het verzet leek de grip alleen maar te versterken. Met iedere beweging trok het zich strakker om hem heen. Ademen viel zwaarder, het begon nu ook pijn te doen.

Beneden klonk een doffe bonk, een volgende deur zwaaide open. Hij probeerde zich een voorstelling te maken van wat er precies gebeurde daar beneden, met ieder geluid kreeg die voorstelling verder vorm. Het wilde dier was een enorme rotzooi aan het maken in de woonkamer. Kastdeuren klapten open en dicht, lades werden omgekeerd. De man hoorde spullen kapotvallen waarvan hij vergeten was dat hij ze had. Het leek of het dier iets zocht en geen geduld had het te vinden. Wat kon dat zijn? Hij had niet veel. Kon het ook iets met elkaar te maken hebben? Of was het stom toeval dat hij net vastgebonden in zijn bed lag terwijl een wild dier zijn huis kwam vernielen?

De man wenste dat hij een telefoon had. Hij had nooit de behoefte gevoeld om te bellen of gebeld te worden, maar nu was een telefoon toch goed van pas gekomen. Hij had de politie kunnen bellen en zeggen: 'Goedenavond politie, een wild dier is mijn huis aan het vernielen. Twee agenten alstublieft.' De agenten zouden met piepende banden de straat in rijden en met getrokken pistolen uitstappen. Ze zouden dat dier neerschieten, al was het maar om het te verdoven en het later weer te kunnen vrijlaten in het wild. En als ze er dan toch waren, die agenten, dan konden ze hem meteen bevrijden uit die touwen die steeds meer om zijn borst en om zijn enkels knelden. Hij zou de agenten de hand schudden en vriendelijk bedanken. Hij zou een glaasje water kunnen halen en weer naar bed kunnen gaan. Maar hij had geen telefoon.

Zo plotseling als de herrie begonnen was stopte die ook weer. Dat kwam eerst als een opluchting, maar de stilte die volgde was eigenlijk dreigender.

Zonder het geluid van spullen die kapotvallen wist de man niet meer zeker wat hij zich nou moest voorstellen, het dier kon zich geruisloos bewegen door het donker. Hij wist niet wat het kwam doen. Hij wist niet of het dier wist dat hij hier boven in zijn bed lag, of dat het juist op zoek was naar hem. In die stilte woekerden zijn gedachten, maar zijn lichaam was vastgebonden. Hij kon niets anders doen dan stilliggen en afwachten.

2

Als hij overdag over straat liep kon hij alles zijn, dat stelde hij zich in ieder geval graag voor, maar als hij ’s nachts inbrak was hij een inbreker. Dat kon hij voelen. Bij het forceren van het slot verkleinde die wereld van mogelijkheden zich tot dat ene ding: inbreken.

In het donker hield hij in de gaten waar de lampen brandden. In de loop der tijd was het een gewoonte geworden dat te doen, beroepsdeformatie. Waar licht brandde was leven of een tijdschakelaar, waar het donker bleef was niemand thuis. Je werd wel geacht dat nog even te checken, overdag een keertje langslopen om naar binnen te kijken, maar vaak had je aan een enkele oogopslag wel genoeg.

In dit huis was het al weken donker, misschien wel langer, hij had het licht nog nooit zien branden. De gordijnen waren gesloten, maar ook daarachter leek niets te gebeuren. Door een geribbelde ruit in de voordeur kon je een stapel post op de deurmat zien liggen, een stapel van een paar weken. Er kwamen geen buren langs om die post te sorteren of de planten water te geven. Het zag er verlaten uit. Het was een buitenwijk met kleine huizen, geen plek waar je veel buitmaakt, maar hij kon niet kieskeurig zijn, hij had al een tijdje stilgezeten. Hij zou als het ware een dief van zijn eigen portemonnee zijn als hij deze kans liet liggen. Als je te lang wacht komen de mensen altijd weer thuis, of nog erger, iemand anders breekt in.

De omstandigheden waren goed. Hij had de nacht er niet op uitgekozen maar het was koud en mistig. Er zouden weinig mensen buiten zijn en als ze er al waren zou het lastig zijn hem te zien. Het enige probleem was dat het huis op de voordeur na geen handige ingang leek te hebben, geen achterdeur of een badkamerraampje waar precies een inbreker doorheen past. Het was altijd ongemakkelijk om via de voordeur binnen te komen, die was voor de mensen zelf, niet voor inbrekers, maar in dit geval was er geen andere optie. Bovendien was het geen stevige deur, in deze buurt was niet veel aan inbraakpreventie gedaan. Er zat zelfs speling in, de eigenaar had niet eens de moeite genomen om de deur achter zich op slot te doen. Dat was eigenlijk een open uitnodiging, daarmee zei iemand: kom maar binnen en neem alles mee wat ik heb.

Hij wrikte even aan de deur. Er waren trucs om dit soort sloten rustig te openen met een pasje of wat stevig ijzerdraad, maar hij had al snel gemerkt dat hij een ander type inbreker was. Het vergde meer precisie en geduld dan hij kon opbrengen, maar ook een zeker respect voor het traditionele inbreken dat hij nooit had gehad. Inbreken was niet zijn roeping, hij deed het gewoon. Je gaat ergens naar binnen en je neemt alles mee wat je kunt dragen en eenvoudig weer van de hand kunt doen, dat hoefde hij niet moeilijker te maken dan het was. Hij opende dit soort deuren daarom liever met een harde trap, soms een paar trappen. Dat zorgde weliswaar voor schade en geluid, twee dingen die een klassieke inbreker juist probeert te vermijden, maar het ging snel en het vergde geen toewijding.

Hij had er niet op gerekend dat de deur gewillig open zou vliegen en met een klap tegen de muur zou slaan. Het geribbelde glas viel in scherven op de grond. In een reflex had hij nog geprobeerd de klink vast te grijpen, maar door die plotselinge beweging was hij uitgegleden over de stapel post op de deurmat en achterovergevallen. Eerst kwam de schrik, toen de schaamte. Hij vloekte binnensmonds toen hij opkrabbelde en de scherven met zijn schoenen bij elkaar veegde. In eerste instantie was hij ook de post gaan oprapen, maar nog voor hij alle enveloppen op een stapeltje had gesorteerd begreep hij hoe vreemd dat was, om iemands voordeur in te trappen en vervolgens de rotzooi op te ruimen.

Hij klopte zijn handen af aan zijn broek en keek achterom. Het was weer doodstil nu, maar hoeveel herrie had hij precies gemaakt? Hij voelde zijn hart nog bonzen van de schrik, maar buiten was de wereld onveranderd. Het leek erop dat niemand hem had gezien of gehoord. Hij haalde diep adem en duwde de voordeur zachtjes achter zich terug in het geforceerde slot. Er rinkelde nog een scherf uit het raampje.

Hij kon maar beter snel zijn. Achter de eerste deur die hij opentrok bevond zich de wc, achter de volgende deur lag een kleine woonkamer waar hij zo snel niet iets kon zien wat de moeite waard was om mee te nemen. Met de zaklampfunctie van zijn telefoon scheen hij vluchtig om zich heen, maar hij zag geen tv of stereo-installatie, geen achtergelaten laptop. Tegen de muren stonden alleen kasten vol boeken, tot aan het plafond, de planken puilden uit. Er zaten wel wat deurtjes en laatjes in de kasten, maar toen hij die opende en de inhoud op de grond gooide zag hij alleen maar rommel. Bonnetjes, volgekrabbelde papiertjes, oude ansichtkaarten, foto's, reclamefolders, eigenlijk uitsluitend oud papier. Waarde ritselt niet, waarde rinkelt. Terwijl hij zijn handen door de rommel liet glijden vond hij nog wel wat kleingeld. Een briefje van vijf en een paar muntjes, bij elkaar misschien een euro of acht, maar er konden ook guldens tussen zitten, dat zag hij zo snel niet. Hij liet het geld in zijn zak glijden en dacht: ik doe het ook weer helemaal verkeerd. Ik begin weer in de woonkamer. Niemand bewaart iets van waarde in de woonkamer.

Toen hij overeind kwam stootte hij zijn hoofd tegen het tafelblad van een tafel die hij nog niet eens had gezien. Hij greep vloekend naar de pijn en voor hij goed en wel doorhad wat er gebeurd was viel er iets kapot op de vloer. Hij scheen met zijn telefoon in de richting van het geluid en zag dat het een vaas geweest was. Zo in scherven was het lastig te zien of het hem iets had kunnen opleveren, al was hij sowieso geen kenner van vazen en had het nu ook geen zin meer daarover na te denken. Hij wreef over zijn achterhoofd en zag wat er in de vaas gezeten had. Droge bruine stengels verbrokkelden tussen de scherven, op het tafelblad waren verschrompelde blaadjes achtergebleven van wat vast ooit een mooie bos bloemen geweest was. Er kwam een vreemde geur van af, en toen hij verder om zich heen scheen merkte hij dat de kamer rook zoals hij eruitzag. Alles lag onder een dikke laag stof. Hier en daar had hij het met zijn binnenkomst doen opwaaien, het licht wierp een dunne bundel door de wolken. Het rook muf en stoffig. Als kleren die een paar keer natgeregend en weer opgedroogd zijn. Maar de geur was scherper dan dat, en eigenlijk ook te sterk voor een bos verdorde bloemen. Hij had het nog nooit geroken, maar ze zeggen weleens dat je het meteen herkent als je het ruikt: de geur van de dood, een oud dier dat zich onder een meubelstuk verstopt heeft om te sterven zonder dat iemand het hoeft te zien.

Misschien stond dit huis al veel langer leeg dan een paar weken, dacht hij opeens, misschien wel maanden of jaren. Er waren nieuwsberichten over oude mensen die pas weken na hun dood gevonden werden door buurtbewoners, pas nadat de geur van ontbinding het gemeenschappelijk trappenhuis had bereikt. Het waren altijd eenzame mensen die geen vrienden of familie hadden die regelmatig op bezoek kwamen, of op z'n minst hun afwezigheid zouden opmerken, ze hadden alleen buren die kwamen kijken als het begon te stinken. Hij wilde nooit die buurman zijn, dacht hij op de spaarzame momenten dat hij zijn buren tegenkwam in de gang, maar hij wilde al helemaal niet de inbreker zijn die de overledene bij toeval zou aantreffen. Leg dat maar eens uit in een nieuwsbericht.

Hij had zijn dag niet, dat had hij al moeten weten. Hij vond nooit enige rust in het inbreken, maar nu bekroop hem ook een gevoel van onheil. Natuurlijk kon hij gaan, maar dat zou zonde zijn. Hij was al binnen. Hij hoefde alleen de kamers boven nog even te bekijken.

Veel mensen leggen hun waardevolle spullen in een kamer met een serieuze uitstraling. Zij zoeken een ruimte die ernstig genoeg is om recht te doen aan dat wat zij belangrijk vinden. Na een tijdje ga je dat soort plekken herkennen. Dit huis had zo'n kamer. De bovenverdieping had een badkamer, een slaapkamer en een derde kamer die een soort kantoor of studieruimte leek te zijn. Er stond een groot houten bureau met een oude typemachine erop en tegen de muren stonden bruine stalen archiefkasten, allemaal onder dezelfde laag stof.

In een laatje van het bureau zaten enkele pennen en wat andere kantoorartikelen, eronder was nog een deurtje dat op slot zat, de sleutel daarvan was nergens te vinden. De lades van de archiefkasten rammelden zwaar. Ze zaten vol met hangmappen met daarin stapels papier. Iedere lade weer, rijen dik, niets anders dan papier. Ook buiten de ladekasten lagen her en der stapels A4'tjes. De bovenste vellen waren gemarkeerd met een datum, zag hij toen hij een van de stapels oppakte. Iemand had nog wel de moeite genomen dat er met de hand op te schrijven, maar verder was al het papier volledig wit, onaangeraakt. Dat was niet toevallig zo bij die ene stapel, elke stapel die hij door zijn handen liet gaan bestond uit vellen onbeschreven papier. Alsof de bewoner van dit huis de gewoonte had om pakken printpapier te kopen, er een datum op te schrijven en ze vervolgens zorgvuldig weg te stoppen in archiefkasten. Hij kon niet bedenken waarom iemand dat zou doen. Die gedachte maakte hem zenuwachtig.

Hij keek op zijn telefoon om te zien hoelang hij al binnen was, maar terwijl hij naar die cijfers keek begreep hij dat hij helemaal niet had gecontroleerd hoe laat hij naar binnen was gegaan. De ideale duur van een inbraak is gebonden aan de ruimte, maar één regel klopt altijd: je kunt beter te snel zijn dan te langzaam. De cijfers op zijn scherm betekenden niets voor hem, het konden tien minuten zijn, het kon een halfuur zijn, misschien stond een alerte buurtbewoner nu al beneden op de drempel. Op een analoge klok met een secondewijzer kun je de tijd nog zien verstrijken. Gedurende die minuut, tussen het verspringen van de cijfers in, leek de tijd stil te staan. In een stofwolk, te midden van stapels wit papier, stond de inbreker roerloos naar zijn scherm te staren.

Hij was er niet goed in, in inbreken, maar hij kon nu niet meer naar buiten gaan alsof er niets aan de hand was. De praktijk van het inbreken vereist dat je ergens naar binnen gaat en iets meeneemt, niet dat je even wat rondkijkt en wat verloren kleingeld in je zak steekt. Het leek gewoon niet het juiste huis. Er hing nog steeds die geur van rot, die niet wende maar iedere keer dat hij inademde juist sterker leek te worden. Maar er bestaan geen huizen waarin niets van waarde ligt, zeggen ze, alleen inbrekers die niet goed genoeg zoeken.

Er was nog één type mens: zij die hun waardevolle spullen onder hun bed leggen, in de hoop dat ze wakker worden als je ze probeert mee te nemen.

3

'Sorry, ik dacht dat je dood was,' zei de inbreker. Hij had de laatste deur geopend en een man gezien. Hij had naar binnen geschenen met zijn telefoon en de man had iets geroepen toen het licht in zijn ogen kwam. Van schrik was de inbreker zich direct gaan verontschuldigen. 'Ik dacht dat je niet thuis was, bedoel ik.'

Hij had zijn zaklamp meteen weer uitgezet en daarom was het nu donker in de kamer. Hij stond verstijfd op de drempel en hoorde alleen het kloppen van zijn hart, het moeizame ademhalen van de man.

'Wat komt u doen?' vroeg de man. Zijn stem klonk ongebruikt, alsof het stof ook op zijn stembanden lag.

'Ik ben inbreker,' zei de inbreker.

'Ah, vandaar,' zei de man. Hij leek gerustgesteld door het antwoord, misschien had hij erger verwacht. 'Ik heb niet zoveel voor u, het spijt me.'

'Nee, dat geeft niet,' zei de inbreker en meteen schaamde hij zich daar weer voor.

Het was voor het eerst dat hij inbrak bij iemand die thuis was. Het was ook eigenlijk niet de bedoeling dat je dat deed, het zou voor gevaarlijke situaties kunnen zorgen en ze zeiden dat het makkelijker was je af te sluiten voor een schuldgevoel als je niet wist van wie je stal. De inbreker had zich allerlei gewelddadige voorstellingen gemaakt over wat er zou gebeuren als er toch eens iemand thuis zou zijn. Mensen zouden hem achtervolgen of aanvliegen met een honkbalknuppel. Nu het hem eindelijk overkwam leek de realiteit hem wat tam. De man kreunde moeizaam, maar leek verder niet van plan uit bed te komen. Misschien kon hij dat ook wel niet zelfstandig en rook het daarom zo in dit huis.

Praktisch gezien was er op dat moment niks wat de inbreker ervan weerhield om de deur weer dicht te trekken en te gaan, maar het kwam waarschijnlijk door een mengeling van schaamte en nieuwsgierigheid dat hij op de drempel bleef staan. Er was iets niet in orde met de man.

'Zou u het licht aan kunnen doen?' vroeg de man hem. 'Ik zie niks.'

'Zeg maar "je", hoor,' zei de inbreker terwijl hij gehoorzaamde en naast de deur een lichtknop vond.

De kamer vulde zich met een oranjegeel licht van een simpele lamp aan het plafond, de inbreker schrok voor een tweede keer van wat hij zag. Alles leek zich te bevinden onder een dikke laag gruis, de kamer zag eruit als een ingestort flatgebouw en de man als een lichaam dat daaronder vandaan gesleept was. In het licht was duidelijk te zien hoe slecht hij eraan toe was. Hij lag stijf op zijn rug onder de deken, zijn gezicht was grijs, alsof hij al jaren zo gelegen had zonder zich te verroeren. Opgebaard en weer tot leven gekomen.

'Kan ik misschien iets voor je doen?' vroeg de inbreker. Hij was er zelf verbaasd over dat hij dat vroeg, maar hij moest iets doen met de vlaag van bezorgdheid die door hem heen ging.

Het gezicht van de man vertrok, hij moest zich inspannen om iets te kunnen zeggen. 'Nou,' antwoordde hij uiteindelijk. Stof steeg op van zijn gezicht terwijl hij sprak. 'Een glaasje water zou wel fijn zijn.'

De man had dat nog niet gezegd of de inbreker was al verdwenen. De rotte geur was ondraaglijk in die kamer en hoe langer hij naar de man gekeken had, hoe schuldiger hij zich was gaan voelen. Maar misschien was een glaasje water ook wel genoeg om daarvan af te komen.

Onder aan de trap zag hij bloed. De deur hing scheef in het slot, de glasscherven en de post lagen op een slordig hoopje op de mat. Zo vanuit een andere hoek leek het net of iemand anders die rommel gemaakt had, maar het bloed was van hem, dat voelde hij. Hij keek naar zijn hand en zag dat er een klein sneetje in zat. Het deed nauwelijks pijn en het bloedde niet hevig meer, maar het spoor was duidelijk zichtbaar, het markeerde zijn route door het huis.

Het tl-licht in de keuken ging aan met een zacht getingel. Het bloed was uitgesmeerd over allebei zijn handen, waardoor het er allemaal veel ernstiger uitzag dan het was. Hij begreep nu nog wat beter waarom de man zo van hem geschrokken was en draaide een kraan open om het eraf te wassen. De straal sputterde even en kwam er toen onaangekondigd met veel te veel kracht uit. Via de gootsteen spatte het water omhoog op zijn jack, in zijn gezicht. In een reflex deinsde hij achteruit om vervolgens van een afstandje te zien hoe de straal vanzelf weer kalmeerde.

Terwijl hij zijn handen weer onder de kraan hield en keek hoe zijn bloed door de gootsteen kringelde drong langzaam tot hem door hoe groot zijn probleem in korte tijd geworden was. Hij was hier naar binnen gestruikeld en had nog niets gevonden, had alleen zijn eigen bloed achtergelaten en nu was hij om de een of andere reden ook nog eens een glaasje water aan het halen voor degene van wie hij zou moeten stelen. Het gevoel dat hij misschien niet helemaal gemaakt was voor dit werk drong zich sterker dan ooit aan hem op. Zijn eerste impulsen leken altijd het tegenovergestelde te zijn van wat hij als inbreker zou moeten doen.

In een keukenkastje vond hij een glas, plakkerig van stof. Er stond verder niet veel in. Eén koffiekopje, één bord, van alles één, niets te eten. Hij hield het glas onder de kraan en probeerde het schoon te poetsen met zijn vinger. Hij nam zelf een paar slokken en vulde het toen opnieuw.

Het besef landde zwaar op zijn borst. Hij kon nu niet meer zomaar weggaan. Zijn DNA lag verspreid door het huis van een halfdode man. Wie zou geloven dat hij alleen was gekomen om in te breken?

Terwijl de inbreker beneden inzat over zijn lot had de man boven een uiterste poging gedaan om uit zijn bed te komen. Even had hij de hoop gehad dat het hem nog zou lukken ook, maar algauw werd duidelijk dat hij met iedere beweging eigenlijk alleen maar verder in de knoop raakte.

De inbreker was dan ook niet meer zijn grootste zorg. De jongen had in niets geleken op het wilde dier uit zijn verbeelding en het feit dat er nu zelfs een glas water voor hem gehaald werd liet hem geloven dat hij op dit moment beter een inbreker in zijn huis kon hebben dan helemaal niemand. Het leek hem ook onwaarschijnlijk dat de jongen iets te maken had met de touwen die inmiddels zo strak zaten dat zijn lichaam begon te tintelen. Hij werd duizelig en vreesde dat hij zou flauwvallen.

'Hier,' zei de inbreker en hij zette het glaasje water op het nachtkastje naast het bed. Hij kuchte en stotterde. 'Ik moest zo maar weer eens op huis aan.'

Hij zag het grijze gezicht van de man nu van dichterbij. Het leek te willen glimlachen, maar zijn voorhoofd bleef steken in een moeizame frons.

'Ik heb nog één probleem,' fluisterde de man hem toe. 'Ik kan er niet bij.'

'O, maar ik kan het ook aangeven, hoor.'

De man schudde zijn hoofd en kneep zijn ogen dicht terwijl hij sprak. De woorden moesten van ver komen. 'Ik zit vast.'

'Wat?' vroeg de inbreker, die nog hoopte dat hij

het verkeerd begrepen of verstaan had.

'Ik weet ook niet precies hoe, of wat, maar het zijn een soort touwen, geloof ik. Ik kan het ook niet goed zien omdat ik me niet kan bewegen. Ik kan mijn hoofd niet eens optillen.'

De inbreker keek naar het bed maar hij zag niets. Hij merkte dat hij weer zenuwachtig werd. 'Weet je dat zeker?'

'Niets. Van mijn enkels tot mijn schouders. Ik kan niets bewegen.'

'Maar... moet ik...' begon de inbreker. Hij overwoog de mogelijkheid dat het een list was, een manier om hem te grazen te nemen of tijd te rekken tot iemand te hulp zou schieten, maar de man was overtuigd van zijn probleem, daar twijfelde de inbreker niet aan. Hij probeerde zo min mogelijk te ademen om de geur niet te ruiken en tilde met enige tegenzin de deken op. De man droeg gelukkig gewoon een pyjama en het bed zag er onder de deken verbazingwekkend schoon uit. Alleen zijn houding was vreemd. Hij lag stijf als een plank op het matras. Het was onduidelijk waarom. Er leek niets te zijn wat hem zo liet liggen, niets wat hem tegenhield uit bed te komen. Toen hij het dekbed teruglegde stoof het gruis op in een wolk die hun beiden een hoestbui bezorgde.

'Kun je me losmaken?' vroeg de man uiteindelijk hees.

De inbreker wilde uitleggen dat hij niets gezien had, dat de touwen waarschijnlijk tussen zijn oren zaten, maar iets zei hem dat de man alleen maar verder in paniek zou raken als hij begreep dat het allemaal denkbeeldig was. Problemen laten zich nu eenmaal eenvoudiger oplossen als ze tastbaar zijn. De inbreker tilde de deken nog eens op, knipperde een paar keer met zijn ogen alsof dat een verschil zou maken. De man was zo overtuigend dat hij zelfs even twijfelde of hijzelf niet degene was die iets mankeerde, maar hij keek en hij zag niets. Niets bijzonders, geen touwen. In die enkele seconden besloot hij mee te spelen in de waanbeelden van de man.

'Ach nee, je hebt gelijk, ik zie het al,' zei hij. Hij hoorde zichzelf praten en hij hoorde hoe ongeloofwaardig het klonk. 'Inderdaad. Helemaal vastgebonden. Even kijken, hoor.'

De man had zijn ogen dicht, maar toch was de inbreker zich bewust van iedere beweging die hij maakte. Hoe maak je een knoop los die je niet kunt zien? Hoe ziet iemand eruit die vastgebonden is? Waar is het dan logisch om te beginnen?

Hij bewoog zijn handen alsof hij peuterde aan een schoenveter, een dubbele knoop ter hoogte van de enkels van de man.

'Voelt dit al beter?' vroeg hij om te controleren of zijn spel werd geloofd. De man antwoordde niet, maar de frons op zijn gezicht leek zowaar te verdwijnen.

Terwijl hij zijn handen door het niets bewoog dacht de inbreker aan een toneelles op de basisschool, waar hij had moeten acteren dat hij thee uit een kopje dronk, maar er was geen thee en ook geen kopje.

Hij deed het niet goed, zei de lerares steeds, hij deed te nadrukkelijk alsof. Hij moest zelf geloven dat dat kopje thee bestond, zei ze. Echte acteurs acteren niet, die doen het gewoon. Hij had daaruit geconcludeerd dat hij geen echte acteur was, maar nu, zo zonder publiek, begon hij de smaak te pakken te krijgen. Misschien kon hij prima acteren als er niemand naar hem keek. Hij stelde zich voor dat de touwen onder het bed van de man door liepen en hij bewoog heen en weer langs het voeteneind, boog door zijn knieën, ontwarde de knoop, overtuigde zichzelf.

'Bijna klaar, hoor,' zei hij tegen de man en hij zuchtte alsof de taak hem zwaar viel. De man leek te ontspannen en dat maakte de inbreker trots, hij zou bijna vergeten dat hij niet werkelijk iets had gedaan. Hij voelde zich lichter worden terwijl hij om het bed danste, hij liet zijn handen over het dekbed glijden, door het zwevende stof om hem heen. De knoop werd dunner en dunner tot het geen knoop meer was.

Hij deed een paar passen achteruit en bekeek het bed met zijn handen in zijn zij. De man had zijn ogen dicht en hield zijn adem nog in, hij leek te wachten tot er iets tegen hem gezegd zou worden.

'Ik geloof dat je los bent,' zei de inbreker.

Voorzichtig gingen de ogen open. De man moest opnieuw wennen aan het licht en kwam langzaam overeind. Het gruis zweefde weg van zijn kussen, achter zijn hoofd aan. Hij keek naar zijn handen alsof hij ze voor het eerst zag, kneep ze samen tot vuisten om het bloed te laten stromen. Hij leek iets te willen zeggen, maar werd overvallen door een hevige hoestbui die een grote stofwolk om hem heen wierp.

'Dat helpt,' zei de man nadat hij voorzichtig een slok genomen had. Hij liet het water even door zijn mond gaan en keek om zich heen. Het stof daalde neer. De lamp scheen warm op zijn hoofd, hij kon weer rustig ademhalen. Hij voelde de striemen nog gloeien in zijn polsen, maar verder was het moeilijk je voor te stellen dat hij enkele momenten geleden nog vastgebonden was aan zijn matras.

De inbreker stond er inmiddels wat onhandig naast. Hij keek de man bezorgd aan, alsof er iets fout was gegaan. De man kon niet bedenken wat dat dan was. Hij voelde zich beter dan ooit.

'Je hebt geen eten in huis, toch?' vroeg de inbreker.

'O, sorry,' zei de man. 'Heb je honger?'

'Nee,' zuchtte de inbreker. 'Nee, voor jou natuurlijk. Wanneer heb je voor het laatst gegeten?'

De man keek voor zich uit en haalde zijn schouders op. Toen de inbreker aanstalten maakte om hem uit bed te helpen verzette hij zich niet.

'Ik denk dat het beter is als je ook wat eet,' zei de inbreker zacht. 'En als je niets in huis hebt, zullen we het moeten halen.'

II

4

Dit ben ik, dacht Id terwijl hij naar het stuk vlees keek dat traag ronddraaide in de staande grill. Een homp vlees die langzaam gaar wordt, draaiend om zijn eigen as. Het werkte hypnotiserend als hij er lang genoeg naar keek, dan vergat hij alles om hem heen. De gasten, de grillroom, alles daarbuiten en uiteindelijk ook zichzelf. Alles verdween, alles wat overbleef was die draaiende homp vlees. De grill zoemde zacht tijdens het draaien en scheen als een warmtelamp. Hij werd er slaperig van. Vet druppelde van het vlees op de roestvrijstalen bladen eronder. 'Goed schoonmaken,' zei Nino altijd. 'Anders vat deze hele tent vlam.' Maar Id maakte nooit schoon. Hij keek er alleen maar naar, net zo lang tot hij ook de tijd vergat.

Dwars door het gezoem van de grill heen schalden schelle stemmen door de ruimte. Ze kwamen uit de plasmatelevisie in de hoek, hoog tegen het plafond. Vanaf de dag dat Nino de zaak had geopend waren op die televisie consequent de herhalingen van één soap te zien. De ontvangst van de zender was slecht en het geluid stond zo hard dat de stemmen nauwelijks nog te onderscheiden waren van de ruis eroverheen. Nino hoorde sowieso met de dag minder goed en daarom stond sinds een paar jaar de dovenondertiteling aan, die niet alleen in verschillende kleuren vermeldde wie wat zei, maar ook welk gevoel de achtergrondmuziek diende op te roepen. [SPANNENDE MUZIEK] stond er dan, en dan wist hij dat het spannend was.

Id had nooit veel aandacht geschonken aan het verhaal. Hij had begrepen dat het ging over een soapactrice die niet langer in een soap wilde spelen, maar voor hem was het eigenlijk alleen achtergrondgeluid tijdens de eenzame avonddiensten. Ooit stond hij hier nog samen met Nino, maar toen die rap ouder werd en zijn handen brandde aan de grill omdat hij in slaap gevallen was, besloot hij, min of meer onder druk van zijn vrouw en zijn dochter, dat hij niet langer tot diep in de nacht in de grillroom zou staan. Sindsdien werkte Nino consequent 's middags en stond Id hier alleen, tot laat in de nacht.

Zo zagen zij elkaar na al die nachten opeens nog zelden. Alleen via de televisie hadden ze contact met elkaar. Id had weleens geprobeerd om van zender te veranderen, of het volume iets zachter dan op de maximale stand te zetten, maar de volgende nacht kwam hij er altijd weer achter dat Nino het die middag had hersteld. Na een paar keer was de afstandsbediening ook verdwenen en toen had Id zich er maar bij neergelegd. Het wende toch en de soapserie was onderdeel van de zaak geworden. Het geluid, de dramatische cadans van de dialogen, deed hem denken aan die nachten in het begin, waarin Nino met vlagen volledig leek te verdwijnen in het scherm en nergens anders nog aandacht aan schonk, ook niet aan de klanten. Hij hield van die serie. Hij kende iedere aflevering uit zijn hoofd, zijn lippen bewogen zelfs mee, zodat Id zich afvroeg waarom hij die ondertiteling eigenlijk nodig had. Niet dat het zin had om daarnaar te vragen. Als je over de serie begon stak Nino steevast hetzelfde betoog af. 'De *boodschap*, Id,' zei hij dan, zijn stem verheffend. 'De *boodschap*. We zitten allemaal *vast*, Id. In het dagelijks leven, we zijn *gedoemd* om daar eindeloos in door te draaien. Dat is ons *lot*.'

De gasten leken zelden iets te geven om die boodschap. Ze kwamen gewoon om te eten. Als ze al naar de televisie keken, vroegen ze vaak of Id hem op een andere zender kon zetten. 'Iets met actie.' Iedere keer moest hij weer uitleggen dat zijn baas de afstandsbediening had verstopt.

De omgang met Nino was er verder een van weinig woorden. Ze zaten vaak zwijgend naast elkaar achter de toonbank terwijl de stemmen door de zaak galmden. Nino staarde naar de televisie, Id staarde naar de grill. Op de momenten zelf had hij daar nooit echt plezier in gehad, maar toch, de herinneringen eraan maakten hem op een of andere manier warm.

Hij hoorde zijn telefoon trillen. Hij keek achter zich en zag het scherm oplichten op de toonbank.

Hoe gaat het?

Ines stuurde hem altijd berichtjes als ze niet kon slapen. Op sommige avonden kwamen er zo weinig mensen dat het al het contact was dat hij had.

Gaat wel

Ik ben een homp vlees

Natuurlijk

Ik draai rondjes en ik
word langzaam gaar

Weet je al hoe laat je
thuis bent vannacht?

Hetzelfde als altijd

Ze wist heus wel hoe laat hij thuiskwam. Dit soort gesprekken gingen haar altijd meer om het contact dan om de inhoud. Zo kon ze haar aandacht even verplaatsen wanneer ze niet kon slapen.

Je weet dat de wintertijd
ingaat toch?

Natuurlijk

De waarheid was dat hij dat vergeten was. Dat wist Ines ook. Hij vergat veel en op de een of andere manier had ze het altijd door. Ze zei dat hij een haai was. Niet omdat hij een gevaarlijk roofdier was, maar omdat ze in een liedje had gehoord dat haaien kunnen zwemmen en slapen tegelijk. Dat ben jij, had ze gezegd, jij beweegt je slapend door het leven. Ze kenden elkaar nog maar net, die zomer was het liedje net uitgebracht, maar sindsdien vertelde hij steeds dat hij op dat moment had geweten dat zij begreep wie hij was.

Hoe gaat het daar?

Ik werd wakker en nu kan ik
niet meer in slaap komen

Hij zag haar voor zich, haar gezicht in het blauwe licht van haar telefoonscherm. De gedachten maakten hem loom, hij wenste dat hij naast haar lag. Hij keek om naar de klok boven de toonbank. Op zijn telefoon ging het altijd automatisch van zomer- naar wintertijd en weer terug. Hij kon zich niet herinneren wanneer hij voor het laatst de wijzers van een klok had aangeraakt. Wat was het ook alweer?

Achteruit of vooruit?

Om drie uur moet je de klok
verzetten naar twee uur

Achteruit dus

Ja

Maar de zaak sluit om drie

Ja, maar dan is het dus
eigenlijk twee uur

Oke
Maar dan moet ik dus weer
een uur wachten tot het
weer drie uur wordt?

Ja

En als ik de tijd nou gewoon
niet terugzet

Mag ik dan eerder naar huis

De tijd trekt zich niks
aan van wat jij doet, Id

Hoe laat moet ik de
zaak dan sluiten?

Gewoon, drie uur

Maar ik moet wel een
uur langer blijven?

Hij keek naar de klok. Hij zou een kruk nodig hebben om erbij te kunnen.

Dan ben ik dus toch
een uurtje later thuis

Nee

Nee?

Nee
Gewoon weer iets na drieën
Zelfde als altijd

Ja dat zei ik toch?

Ik ga weer slapen Id
Zie je in bed
Doe voorzichtig

Hoe langer hij naar de klok keek, hoe onduidelijker het hem werd. Wat zou er nou gebeuren als hij die wijzers terugdraaide? Zou hij hetzelfde uur tweemaal beleven? Of zou hij er zomaar een extra uur bij krijgen? Zo ja, waar kwam dat ene uur dan vandaan?

5

De man had niets gezegd over de rommel in de gang. Misschien viel het hem niet op dat er bloed, scherven en post lagen, misschien wilde hij de inbreker niet in verlegenheid brengen, of misschien had hij het te druk gehad met zaken als het neerzetten van zijn voeten. Stap voor stap waren ze de trap af gedaald, op iedere trede moest hij even bijkomen, alsof hij inderdaad al jaren in dat bed gelegen had en het lopen intussen was verleerd. De inbreker had hem zijn arm aangeboden om op te steunen. In eerste instantie had de man er nog aarzelend naar gekeken, maar inmiddels kneep hij hem door alle inspanning zowat fijn.

Onder het bed had de inbreker een paar geruite pantoffels gevonden en afgeklopt, verder leek de man behalve zijn pyjama geen kleren te hebben, in ieder geval geen kleren die geschikt waren om in naar buiten te gaan. De inbreker had ook geen zin om hem te helpen met omkleden en ze zouden maar even buiten zijn. Hij zei dingen als 'Doe maar voorzichtig' en 'Rustig aan' tegen de man, maar alles ging veel te langzaam en hij werd al ongeduldig. De rommel, het bloed, hij als de indringer. Het zag er allemaal veel te veel uit als een plaats delict, en misschien was het dat ook wel, al was dat allemaal vaag geworden nu hij de man hielp in plaats van hem te bestelen, maar goed, leg dat maar eens uit aan de politie.

Hij schoof de post opzij met zijn schoenen en opende de deur voorzichtig. Er knerpten nog wat glasscherven onder zijn schoenen, maar verder was de kust veilig. 'Kom kom,' spoorde hij de man nu aan. 'Kom.'

Voor wat het nog waard was trok hij de voordeur achter zich dicht. Buiten was alles onveranderd stil. Het leek erop dat niemand had doorgehad wat zich binnen had afgespeeld, of dat omwonenden het bewust hadden laten passeren. Toch voelde de inbreker de druk om weg te gaan van die voor hem belastende plek, al had hij nog niet veel verder vooruitgepland dan dat. Inbreken is improviseren, je moest er maar op vertrouwen dat je vanzelf de juiste beslissingen zou nemen, maar nu hij een ernstig verzwakte bejaarde man aan de arm meenam naar zijn scooter werd dat geloof behoorlijk op de proef gesteld.

'Hier,' zei hij toen hij de zitting van de scooter openklapte en een trainingsjack tevoorschijn haalde. In de ruimte onder de zitting zat ook een weinig modieuze tweede helm, voor bijrijders die hij nog nooit had gehad. Terwijl de man nog worstelde met de rits van het jack zette de inbreker de helm op het grijze hoofd en kneep hij het kliksysteempje onder zijn kin vast. Hij moest onwillekeurig even lachen om hoe het eruitzag. De oude pyjamabroek en de geruite pantoffels, die slecht passende helm en een trainingsjack van Paris Saint-Germain. De man leek een kind, maar dan heel oud.

De inbreker haalde de scooter van de standaard en stapte op. 'Oké,' zei hij nadat de man zichzelf achter op de zitting gehesen had. 'Nu moet je me goed vasthouden.'

Met een enkele trap was de scooter gaan brullen, de trillingen trokken van onder de zitting door hun lichamen en meteen had de man zijn armen steviger om de inbreker heen geslagen. Zijn hele gezicht vibreerde, waardoor hij slechts nog wazig kon zien, het geluid was zo hard en overheersend dat hij nauwelijks iets anders hoorde dan de scooter. De inbreker keek af en toe over zijn schouder om te zien of de man nog leefde, of om hem in korte bewoordingen iets duidelijk te maken, en de man deed alsof hij het verstond. De strekking van de woorden leek hem ook wel duidelijk: als je loslaat terwijl we over zo'n verkeersdrempel vliegen dan zweef je voor altijd omhoog, dan kom je nooit meer neer.

Algauw was de man gedesoriënteerd. Zijn eigen straat had hij nog herkend, maar na een paar bochten was hij de weg kwijt. Er hing ook een dichte mist in de stad. Lange stukken was er vrijwel niets te zien en was het alsof ze vlogen, zij tweeën op een scooter door het niets. De omgeving toonde zich slechts in fragmenten, flarden van een flat die net zo snel verschenen als ze weer verdwenen achter een volgende mistbank. Wat hij zag herkende hij niet, maar hij wist ook niet meer wanneer hij voor het laatst buiten was geweest. Misschien was dit een buurt die nog niet eens bestond toen hij naar bed ging.

Bij een verlaten plein passeerden ze een lichtbord op wielen, waarop zinnen elkaar opvolgden als korte gedichten in gele lampen.

Geef
Inbrekers
Geen Kans!!!

Licht Aan!!
Ramen en
Deuren
Op Slot

Verdachte
Situatie
Bel 112

Het was alsof hij zich op dat moment pas herinnerde dat de inbreker iemand was die hij buiten de deur had moeten houden. Hij had zo ongeveer het omgekeerde gedaan. Hij had de inbreker niet alleen 'een kans' gegeven, hij was rustig bij hem achter op de scooter gaan zitten zonder te weten waar ze naartoe zouden gaan. Maar al was de jongen achter het stuur een inbreker, de situatie voelde niet verdacht. Het was hem nog niet duidelijk wat ze precies aan het doen waren, maar er werd in ieder geval niet meer bij hem ingebroken.

Dat de scooter zo hard reed beangstigde hem ook steeds minder. Hij moest erkennen dat hij het eigenlijk wel lekker vond om achterop te zitten. Vooral als ze samen een beetje in de bochten gingen hangen voelde het alsof ze samen stuurden. Dit kan alleen met volle overgave, dacht de man, als ik aarzel vallen we.

Samen gleden ze door de mist, tot die optrok, verdween, en ze plotseling omringd werden door onbekende hoogbouw. Neonlichten langs de dakranden veranderden van kleur. In de nacht brandde slechts achter enkele ramen nog licht, hoog tegen de donkerblauwe lucht vormden ze figuren. Ze reden door een brede straat, aan weerszijden van het tweerichtingsverkeer liepen groepen mensen op de stoep. Hij had een plotselinge neiging om naar ze te roepen en te zwaaien, om ze vanaf de scooter duidelijk te maken dat hij blij was hen te zien. Maar de mensen waren vooral druk met elkaar, ze leken geen bijzondere aandacht te hebben voor hem of de inbreker of de andere mensen op de weg. Toch was de man blij te zien dat ze nog bestonden. ENJOY LIFE stond er op de gevelruit van een cocktailbar. Dat is waar ook, cocktailbar, dacht de man. Hij liet zijn armen zelfs even los terwijl ze tussen de neonlichten en de mensen door reden, hij spreidde ze als vleugels. De lucht streek langs zijn handen, hij sloot zijn ogen. Het kon de frisse lucht in zijn longen zijn, het effect van een klein beetje lichaamsbeweging, maar het leek alsof de wereld om hem heen plotseling veel groter geworden was.

'Wat doe je?' riep iemand van ver. Het stemgeluid van de inbreker smolt samen met de trillingen van de scooter terwijl ze vaart minderden voor een rood stoplicht. Hij keek over zijn schouder en herhaalde het, nog wat harder. De man opende geschrokken zijn ogen. 'Geen gekke dingen doen,' zei de inbreker. 'Als je eraf valt raap ik je niet op.'

Terwijl ze wachtten op het stoplicht sloeg de man zijn armen weer om de inbreker heen. Hij keek opzij. Naast hen stond een grote zwarte auto eveneens te wachten op groen licht. In de geblindeerde ruiten zag hij zichzelf zitten en hij schrok van zijn spiegelbeeld. Zijn gezicht was mager, met diepe groeven rond zijn mond. Onder de te grote helm op zijn hoofd leek het nog magerder dan het al was, maar het vreemdste was misschien wel de kleur, of eerder het gebrek daaraan. Zijn gezicht, en dan ook echt de huid zelf, was helemaal grijs. Hij haalde een vinger over zijn wang en keek nog eens. Het zat er nog steeds, het was erin getrokken.

Hij was niet eens verbaasd toen zijn gezicht begon te vervormen, dat was hij pas toen de ruit langzaam omlaaggleed en er van achter zijn spiegelbeeld een ander gezicht tevoorschijn kwam. Het vulde de man met een andere, nieuwe schaamte. Zonder het te weten had hij naar iemand zitten staren. Toen hij dat begreep had hij onmiddellijk weggekeken, maar de motor van de auto brulde steeds even, alsof die hem iets wilde vertellen. Toen hij zijn nieuwsgierigheid niet langer kon bedwingen keek hij toch weer even opzij en zag hij dat het gezicht hem nog steeds aankeek. Het was een kind, veel te klein, veel te jong om op dit uur van de nacht nog in een auto te zitten. Hij kon niet precies inschatten hoe oud het kind was omdat hij daar over het algemeen sowieso niet goed in was, maar ook omdat het gezicht voor een groot deel schuilging achter een grote, voor een kind veel te grote zonnebril. Misschien sliep het kind wel, maar wie had dat raampje dan opengedaan? Achter het stuur was het donker, hij kon niet zien wie daar zat.

Om het ongemak te breken had hij even geknikt naar het kind, maar het had niet geholpen. Het kind verroerde geen vin, staarde hem ijzig aan. De man had even aan het jack van de inbreker getrokken om na te gaan of die hetzelfde zag als hij, maar die hield zijn ogen strak op het stoplicht gericht. Zodra het licht op groen sprong vlogen ze vooruit, uit het zicht.

6

De inbreker kende geen andere plek waar ze op dit uur nog eten verkochten dan de grillroom. Bovendien kwamen er weinig bekenden die hem konden vragen wat hij daar deed met een oude man in een pyjama. Er kwamen sowieso niet veel mensen. Het was de ideale plek om snel en ongestoord te eten.

De grillroom was ook moeilijk te zien als je niet wist dat hij bestond, waardoor het aantal terugkerende klanten nooit echt toenam. Hij lag in een steeg en de ramen waren bedekt met een decoratieve folie waardoor je vanbuiten niet kon zien wat er binnen precies gebeurde, je zag alleen wat vage schimmen bewegen. Er hing geen lichtgevend bord buiten, er stond geen naam op het raam. De grillroom was niet het eigendom van een commercieel genie, je moest avontuurlijk van aard zijn om daar uit eigen beweging naar binnen te stappen. Het kon net zo goed een apotheker zijn, of een woonhuis. Je zou zeggen dat je dat verschil als inbreker wel zou moeten zien, maar juist als inbreker kom je erachter dat je zoiets pas zeker kunt weten als je ergens naar binnen gaat.

Binnen hadden ze de zaakjes niet per se beter op orde. Het interieur was verouderd en wat versleten, het doorzichtige tafelzeil met glinsterende decoratieve bloemen was plakkerig geworden, het nepleer van de lange banken langs de muur had barsten doordat er blijkbaar toch mensen gezeten hadden. Het eten was er prima, de prijzen waren laag.

De mond van de man was opengevallen toen ze binnenkwamen. Sprakeloos had hij zich laten neerzetten op een stoel. In het felle tl-licht zag hij er nog ongezonder uit dan in zijn slaapkamer, maar de scooterrit leek hem wel te hebben opgefrist. Hij maakte een montere indruk en had nauwelijks nog hulp nodig gehad tijdens het lopen. Tot genoegen van de inbreker, het maakte het geheel net wat minder verdacht.

De jongen achter de toonbank leek niet door te hebben dat ze binnengekomen waren. Hij zat met zijn rug naar de zaak en staarde naar het vlees in de grill, of hij sliep, dat was van achteren niet te zien. De inbreker moest ook hard praten om het geluid van de televisie te overstemmen. Pas nadat hij een paar keer steeds iets luider zijn bestelling had herhaald, draaide de jongen zich om. Hij wreef in zijn ogen terwijl hij de bestelling noteerde op een kladblokje. Twee broodjes shoarma met alles, eentje zonder sambal, doe maar.

De jongen zei geen woord en draaide zich weer om naar het vlees. Alles wat hij deed leek in slow motion te gebeuren, iets wat je niet vaak ziet in een grillroom, eerder bij een danser op straat. Hij legde de broodjes een voor een in een oventje en pakte toen een soort scheerapparaat om de shoarma van de draaiende homp vlees af te scheren, zo langzaam dat de eerste stukjes alweer koud zouden zijn tegen de tijd dat hij de laatste afschoor. De broodjes sneed hij zorgvuldig open en hij vulde ze een voor een. Beetje voorgesneden sla, beetje vlees, beetje saus, beetje sla, beetje vlees, beetje saus, misschien nog een beetje meer sla, nog wat meer vlees, beetje saus. Pas toen hij dat alles twee keer gedaan had en het vlees en de sla zo eerlijk mogelijk verdeeld had tussen de twee broodjes, viel hem op dat de inbreker al die tijd bij de toonbank gestaan had met het kleingeld uit het huis van de man in zijn hand.

'Ik kom het zo wel brengen,' zei hij tegen de inbreker.

De man liet het zich smaken. Met iedere hap leek hij op te knappen, er keerde langzaam iets van kleur terug in zijn gezicht. Hij maakte zelfs goedkeurende geluiden terwijl hij at en hij vroeg meerdere keren hoe het nou precies heette wat ze aan het eten waren.

'Ik heb me in tijden niet zo goed gevoeld,' zei hij met een mond vol shoarma. 'Ik zal je heel eerlijk zeggen dat ik geen idee heb hoelang ik al in dat bed lag. Een paar jaar? Een decennium? Wie zal het zeggen? Het is goed om er even uit te zijn.'

Hij had de helm losgemaakt maar was vergeten hem af te zetten. De vrolijke onhandigheid waarmee hij het broodje in zijn mond probeerde te duwen, de sausklodders in zijn mondhoeken, de inbreker had het vast allemaal aandoenlijk gevonden als hij zich niet zo'n zorgen maakte.

'Als je klaar bent met eten breng ik je meteen weer terug naar huis,' zei hij om die zorgen een plek te geven. Zelf kauwde hij slordig en gehaast, hij slikte zijn happen steeds iets te vroeg door.

De man was zichtbaar teleurgesteld door die mededeling, maar de waarheid was dat de inbreker helemaal niet wist wat ze zouden doen als het broodje op was. Zijn plan reikte niet veel verder dan hier, de grillroom. Hij wist ook niet of het slim was om de man meteen weer terug naar huis te brengen, misschien moesten ze daar nog even mee wachten, misschien zou hij nog een andere manier bedenken om deze situatie tot een goed einde te brengen. Hij overwoog een compromis. Als hij de rotzooi opruimde en de schade aan de voordeur vergoedde zou de man geen aangifte doen, zoiets, maar toen hij onderuitgezakt in zijn stoel de man bekeek en zag hoe de saus inmiddels langs zijn handen in de mouwen van zijn trainingsjack gleed terwijl hij alleen nog maar aandacht leek te hebben voor de televisie in de hoek, vroeg hij zich af of een compromis wel nodig zou zijn. De man leek hem simpelweg niet als een gevaar te zien.

'Ik heb misschien wat dingen kapotgemaakt tijdens het inbreken,' zei hij. Hij wilde nog uitleggen wat precies, maar de man wuifde zijn woorden alweer weg met een hand vol saus.

'Zijn maar spullen,' zei hij terwijl een stukje shoarma uit zijn mond schoot, het tafelblad op. Hij pakte het op en stak het weer in zijn mond.

Het had hem misschien allemaal gerust moeten stellen, maar juist het feit dat de man zo vrolijk bleef doen baarde hem zorgen. Hij wist niet hoe hij daarmee om moest gaan.

De man lachte hardop om een gebeurtenis op televisie. 'En hé,' zei hij toen tegen de inbreker, 'ik hoef ook helemaal niet naar huis. Ik zit hier wel even prima zo.'

De inbreker wreef over zijn slapen. Toen daarna ook nog de deur van de grillroom openvloog zonk de moed hem in de schoenen.

Drie min of meer dezelfde jongens vielen naar binnen. Met hun lawaai namen ze direct de grillroom over, ze overstemden zelfs het geluid van de televisie. Het waren grote jongens, alle drie ongeveer even groot. Ze droegen ongeveer dezelfde kleren en praatten ongeveer even onverstaanbaar met elkaar. Ze leken op elkaar, maar ze waren geen exacte kopieën. Ze waren eerder variaties op één thema. Het duidelijkste onderscheid zat hem in de haarkleur: blond, bruin en zwart.

'Hassan!' riep de blonde naar de jongen achter de toonbank nog voor ze ook maar waren gaan zitten. 'Hassan!' Hij wees met ongecontroleerde handgebaren naar zichzelf en zijn vrienden. 'Drie broodjes! Ja?'

De jongen achter de toonbank begroette hen niet, bevestigde ook niet dat hij ze gehoord had, maar hij begon wel drie broodjes te snijden. De inbreker dacht te begrijpen hoe hij zich voelde. Je kon je beter gedeisd houden in dit soort situaties.

Het viel de jongens gelukkig niet op dat ze niet de enigen in de grillroom waren, daarvoor hadden ze het te druk met elkaar.

'Nee nee nee, gozer,' riep de jongen met het bruine haar steeds terwijl hij over het tafeltje hing en met zijn vinger zwaaide. Ze waren het oneens, hoewel je niet kon verstaan waarover dan precies, en het was ook niet duidelijk of het nou echt onenigheid was of een grap. De jongen met het zwarte haar hield zich grotendeels afzijdig. Uiteindelijk besloot hij zich bezig te houden met het versnipperen van servetjes en ze in de lucht te werpen als sneeuw.

'Hassan, zie je dit? De wintertijd gaat in, gozer!'

Id hoorde de jongens niet eens. Hij staarde naar de grill, het draaiende en zwetende stuk vlees. Dit ben ik, dacht hij.

'Wij maken gewoon het *eten*,' zei Nino altijd. 'Niets meer, niets minder.' Woorden als klantvriendelijkheid nam hij nooit in de mond, misschien zette hij de televisie wel zo hard om de klanten niet te horen.

De inbreker hield de situatie over de schouder van de man in de gaten. Hij zag hoe de jongens nu handenvol servetjes uit de houders grepen om ze naar elkaar te gooien. De man besteedde geen aandacht aan de jongens, het was onduidelijk of hij ze zelfs wel hoorde. Zijn broodje was bijna op en hij verdeelde zijn aandacht inmiddels tussen de televisie en de stukjes sla en vlees die hij in zijn poging tot eten op het tafelblad had laten vallen.

'Je hebt wat saus hier,' fluisterde de inbreker tegen hem. Zo stil mogelijk, hij wilde niet dat de jongens hen zouden horen, maar hij moest er op de een of andere manier toch wat van zeggen. Door de binnenkomst van de jongens was hij zich bovendien meer gaan schamen voor de man, alsof hij verantwoordelijk voor hem was.

'Hm?' zei de man, en hij keek hem aan met een glazige blik.

'Saus,' fluisterde de inbreker terwijl hij naar zijn eigen mondhoeken gebaarde.

De man wees naar zijn oor en gebaarde eerst dat hij het niet verstond, daarna begon hij in de verkeerde mondhoek te vegen.

'Hier,' zuchtte de inbreker uiteindelijk. Hij boog over de tafel om zelf de saus weg te vegen, maar op dat moment landde er een sausfles vlak naast hun tafel.

Kennelijk had de blonde jongen de fles die een van zijn vrienden naar zijn hoofd had gegooid maar net kunnen ontwijken. Hij had daarbij wel zijn stoel omvergeduwd, de houten rugleuning kletterde op de tegels. De jongen riep nog wat onverstaanbaars tegen zijn vrienden, maar toen hij de stoel overeind zette hield hij zich plotseling stil. De inbreker had snel weggekeken, maar hij voelde dat de jongen hem had gezien, de blik prangde in zijn hoofd. Hij probeerde te doen alsof hij niks gemerkt had van dit alles, of dat het hem niks kon schelen. Hij hoopte dat de man zijn mond zou houden.

Vanuit zijn ooghoeken zag hij hoe de jongen uiterst traag naar hun tafeltje kwam lopen, alsof hij hun de tijd wilde geven voor een reactie, een scheve blik, iets waar hij zich in vast kon bijten.

[SPANNENDE MUZIEK] stond er in de dovenondertiteling. De inbreker had een servetje gepakt en deed alsof daar iets interessants op stond.

Op een meter afstand boog de jongen zich voorover om de sausfles op te rapen. Hij speelde er even mee en deed een stap in hun richting.

'Smakelijk eten, heren,' zei hij.

De inbreker keek op en zag hoe de jongen even zijn hand op de helm van de man legde. Zijn ogen waren waterig, je kon zien dat hij niet helder meer zag. Hij glimlachte overdreven, knipoogde en draaide zich toen om naar zijn vrienden. De een omklemde inmiddels het hoofd van de ander.

'Jongens,' riep hij terwijl hij de sausfles terug op hun tafel zette. 'Jongens, kap even. Moet je kijken wie er ook zijn.' Hij knikte naar de inbreker en de man. De jongens staakten hun worsteling om te zien wat hij bedoelde, en keken hem vervolgens vragend aan.

'Wie zijn dat dan?' vroeg de jongen met het bruine haar.

'Dat zijn...' Hij liet even een stilte vallen om zijn grap in te leiden. 'Dat zijn die gozers van *Intouchables*.' Hij moest er zelf hard om lachen. 'Die zitten hier gewoon een broodje shoarma te eten, joh. Dat we dat nog mogen meemaken.'

Zijn vrienden keken hem verward aan.

'Wie?'

'Die twee van *Intouchables*, dat zei ik toch?'

Zijn vrienden keken elkaar even aan. '*Intouchables*?'

'Je weet toch wel wat ik bedoel?'

'Nee.'

'Ach, kom op joh, gozer. Die film! Die ken je toch wel? Hoe kan je dat gemist hebben?'

'Wat? *The Incredibles*, bedoel jij?'

'Wat?'

'*Incredibles*, dat superheldengezin.'

'Huh?'

'Pixar. *Incredibles*.'

'Nee.'

'Met die baby die kan vuurspuwen.'

'Wat? Nee.'

'Daar lijken zij toch helemaal niet op?'

'Nee, niet Pixar. Huh, hoe kom je daar nou bij? Ik bedoel die Franse film. *Intouchables*.'

De bruinharige jongen bolde zijn wangen en schudde zijn hoofd. 'Ik heb geen idee waar jij het over hebt, gozer.'

'Oscar, niet iedereen kijkt al die films die jij kijkt, hè,' zei de jongen met het zwarte haar. 'Wij gaan gewoon naar buiten en zo.'

Oscar wierp zijn handen theatraal ten hemel. 'Gozer, *Intouchables*. Letterlijk iedereen ooit heeft die film gezien. Het is raarder om die niet gezien te hebben dan wel.'

'Whatever, Os. Echt supersaai, dit.'

'Als jullie gewoon eens iets beter op de hoogte

waren van wat er gebeurt in de wereld om jullie heen, dan zouden jullie misschien wat vaker lachen om mijn grapjes.'

'Natuurlijk gozer, dan zouden we zo vaak lachen.' Aanvankelijk plaagden ze hun vriend alleen, maar nu hij zich echt begon op te winden hadden ze er geen zin meer in. Oscar zuchtte en ging zitten.

'Nee, wacht, vertel eens verder,' zei de man opeens. De inbreker schrok zich rot. Al die tijd had hij gedacht dat de man alleen maar aandacht had voor de televisie, maar blijkbaar had die het gesprek achter hem gevolgd en nu wilde hij zich daar nog in gaan mengen ook.

'Wat?' Oscar keek verdwaasd om.

'Die film,' zei de man. 'Vertel daar eens wat meer over. Ik heb 'm niet gezien maar ik ben wel benieuwd.'

De inbreker voelde zijn hart kloppen in zijn keel, dacht dat hij misselijk werd. Id zette geruisloos een dienblad met de broodjes tussen de jongens in.

'Nee joh, laat maar,' zei Oscar tegen de man. Hij wist zich overduidelijk geen houding te geven. 'Ik bedoelde er niks mee, het was maar een grapje.' Hij wilde het weglachen en zocht steun bij zijn vrienden, maar die leken zich wel te vermaken met de ontstane situatie.

'Maar ik kan toch niet weten wat je met dat grapje bedoelt als ik niet weet waar die film over gaat?' zei de man. Waarschijnlijk was het zijn oprechte interesse die Oscar in verwarring bracht.

‘Ja, Os,’ zeiden zijn vrienden terwijl ze lachend hun armen over elkaar sloegen. ‘Daar heeft die oude gozer wel een punt.’

‘Hier, kom er anders gewoon bij zitten, gozer,’ zei de jongen met het zwarte haar. Hij pakte een stoel bij het tafeltje naast hen en zette die uitnodigend voor hem klaar. Nog voor de inbreker had kunnen ingrijpen was de man opgestaan en bij de jongens aangeschoven.

‘Hassan!’ riep de jongen met het bruine haar. ‘Mag ik nog wat colaatjes voor mijn nieuwe vrienden?’ Hij wenkte de inbreker om erbij te komen zitten en wendde zich weer tot zijn vriend. ‘Nou Os, vertel: waar gaat die film over?’

‘Oké,’ zei Oscar na het doorslikken van een net iets te grote hap shoarma. ‘Je hebt twee gasten in *Intouchables*. Je hebt een rijke gozer in een chic huis, weet je wel, echt zo’n Frans paleis met allemaal kamers. Nou, die vent is helemaal verlamd vanaf zijn nek, kan niks zelf, dus hij heeft ieder uur van de dag huishoudelijke hulp nodig. De film begint met de sollicitatieprocedure. Komen er allemaal deftige figuren langs die zich allemaal zo goed mogelijk voordoen, weet je wel, zoals je bij een sollicitatie doet. Maar die verlamde man vindt daar dus niks aan, en dan komt opeens die andere hoofdpersoon binnen. Zwarte gozer uit de banlieue van Parijs. Hij wil de baan niet eens. Hij moet alleen solliciteren voor zijn uitkering, dus hij wil gewoon dat er een formuliertje wordt ondertekend en dan gaat hij weer naar huis. Dan zie je die verlamde gozer grijnzen en dan weet je eigenlijk al hoe de film verder gaat. Mag ik de sambal?'

Oscar spoot de sambal op zijn broodje.

'Nou?' vroeg de man. Hij opende zijn blikje cola, schrok van het koolzuur. Hij nam een slok en begon te hoesten.

'Hm?'

'Hoe gaat het verder dan?'

'Nou ja, eh, moet ik dat nou echt vertellen? Natuurlijk wordt die gozer uit de banlieue wel aangenomen. Tegen zijn bedoeling in. En dan moet hij dus opeens leren hoe je een verlamde man verzorgt. Eerst alleen de kleine klusjes, beetje rondrijden als chauffeur, of het rietje in zijn mond stoppen als hij wat wil drinken, maar later moet hij hem ook wassen onder de douche. Vindt-ie helemaal niet leuk natuurlijk, hij kan er ook niks van, en die film maakt er ook een heel punt van dat hij niet weet hoe hij zich zou moeten gedragen tegenover deftige Fransen. Maar dan zeggen ze: nee, dat onaangepaste vindt die verlamde vent dus júíst fijn. Eindelijk wordt hij eens niet behandeld als een zielige patiënt, maar gewoon als mens, snap je? Kijk. Die verlamde man is zo iemand die de hele dag klassieke muziek luistert en Guillaume Apollinaire citeert als hij brieven schrijft, of dicteert bedoel ik, sorry, maar die gozer uit de banlieue heeft daar helemaal geen ontzag voor of zo, hij moet daar alleen maar om lachen. Hij snapt er bijvoorbeeld niets van dat die man zoveel betaalt voor moderne kunst. Zijn een paar vlakken op een canvas, zegt-ie dan. Kan ik zelf ook. Op een gegeven moment gaan ze samen naar de opera, krijgen ze de slappe lach. Publiek boos natuurlijk. Nou ja, dat soort dingen.'

Oscar nam nog een hap van zijn broodje. Zijn vrienden keken grijnzend toe.

'Dat is het?' vroeg de man.

'Nou ja, die verlamde vent wordt 's nachts steeds wakker van de pijn. Ja? Op een gegeven moment neemt die gozer hem dan maar mee naar buiten om een rondje te gaan lopen. Gaan ze blowen en taart eten. Op dat moment kennen ze elkaar nog niet zo goed, maar die vent is kneiterstoned en dan zit-ie een tarte tatin te eten en dan gaat-ie opeens vertellen over z'n verleden. Over z'n ex met wie hij vijf miskramen kreeg. Daarom is ze ook zijn ex, het verdriet dreef hen uit elkaar. En dan zegt-ie, hè, wat zegt-ie nou ook alweer? "Mijn grootste handicap is niet dat ik verlamd in een rolstoel zit, het is dat ik niet meer met haar ben." Vinden mensen mooi. Feelgoodmovie. Lach, traan, een onwaarschijnlijke vriendschap tussen mensen uit verschillende klassen. Dat is het verhaal dat mensen graag willen horen, daarom was het zo'n succes.'

'Prachtig,' zei de jongen met het bruine haar, met een mond vol shoarma.

'Ja, en superracistisch natuurlijk,' zei Oscar, zijn ogen traanden inmiddels van de sambal.

'O god.'

'Hoezo?' vroeg de man.

'Snap je wel toch? Zwarte man uit een buitenwijk

als verzorger van de witte elite. Ze laten hem ook allemaal dingen doen in die film... Stelen, de buurman bedreigen, de secretaresse lastigvallen. Ze laten hem ook de hele tijd lachen, als een clown. Je ziet niets van de banlieue, paar korte scènes, huizen vol schreeuwende kinderen, busjes met drugsdealers.'

'Zo gaat het toch ook gewoon daar?' zei de jongen met het zwarte haar.

'Geen idee,' zei Oscar. 'Ik ben er nooit geweest.'

'Nee, oké, ik ook niet.'

'Maar het is echt raar, hoor. Pas na *anderhalf* uur kom je erachter hoe die gozer uit de buitenwijk eigenlijk heet en waar hij vandaan komt. Alsof ze pas bijna aan het einde dachten, o ja, hoe heet onze lachende uitkeringstrekker ook alweer? Bakary uit Senegal, geadopteerd door zijn oom en tante in Parijs, dat is het dan zo'n beetje. Kun je ook niet te veel over vertellen natuurlijk, dan is het niet feelgood meer.'

'Jezus, Os.'

'Wat?'

'Ik probeer hier lekker midden in de nacht m'n broodje shoarma te eten en dan ga jij een beetje politiek correct zitten doen.'

'Dit is toch niet politiek correct? Dit is toch gewoon raar? Er was trouwens wel wat gedoe over deze film toen-ie uitkwam. Hoe heet die gozer? Le Pen, weet je wel, die vond de film juist politiek correct. Omdat de Franse elite verlamd is en verzorgd moet worden door een immigrant. Vond hij een politiek correcte metafoor.'

'Is dat de metafoor dan?'

'Ja, geen idee. Dat vond hij en daar werd hij vervolgens dan weer boos over.'

'Het is toch gewoon een verhaal, man. Clichés horen er een beetje bij. Die rijke vent luistert toch ook naar klassieke muziek? Doet m'n pa ook niet, die vindt techno ook gewoon chill. Zo kun je toch niet naar films kijken, man, zoals jij en jouw beste vriend Jean-Marie.'

'Nee, maar het is dus niet gewoon maar een verhaal,' zei Oscar terwijl hij achteroverleunde en zijn telefoon uit zijn broekzak probeerde te halen. 'Het is gebaseerd op een waargebeurd verhaal. Dus ze hebben het niet zelf verzonnen of zo, bij de aftiteling laten ze foto's zien van de mensen over wie het oorspronkelijk gaat.'

'Ja, nee, wacht, dit heb ik wel meegekregen,' zei de jongen met het bruine haar.

Oscar liet een foto zien op het volledig gebarsten scherm van zijn telefoon. 'Hier, die gozer in die rolstoel is in de film die gozer in die rolstoel. Hij had een champagnehuis of zo, heel veel geld verdiend en toen had hij een ongeluk met een paraglider. Hij heeft toen een boek geschreven over zijn verlamming en daar is die film dus weer op gebaseerd.'

'Laat eens zien,' zei de jongen met het bruine haar. Hij ging zo aandachtig als hij kon door de foto's op het scherm.

'Dus die makers verweren zich tegen alles door te zeggen: het is allemaal echt zo gebeurd. Oké, een scène niet, geven ze dan toe, die ene waarin Bakary die verlamde gozer helpt met scheren en dan alleen een hitlersnorretje overlaat. Dat hadden ze zelf verzonnen, als grapje.'

'Wel echt grappig inderdaad.'

'Ja, zie je nou wel!' riep de jongen met het bruine haar uit. Triomfantelijk liet hij de foto's op het scherm zien. 'Ik wist wel dat ik dit had meegekregen. Hoezo heb je dit niet verteld, Os? Die gozer in die film was zwart toch, zei je?'

'Ja. Omar Sy.'

'Maar die gast was in het echt helemaal niet zwart, joh. Hier, Abdel Sellou heet hij, zeggen ze. Komt uit Algerije. Hij heeft daar nu een kippenboerderij, staat hier.'

'Nee, ja, klopt,' zei Oscar. 'Omar Sy heeft wel een Senegalese achtergrond. Waarschijnlijk hebben ze dat daarom gedaan.'

'Maar hadden ze dan niet gewoon een Algerijnse gozer kunnen casten?'

'Weet ik niet. Ik ben niet zo op de hoogte van het Franse castingwereldje.'

'Niet, Os? Ik vind dat wel iets voor jou.'

'Os, ze gaan ook een Amerikaanse remake maken, staat hier.'

'Serieus?'

'Met die vent van *Breaking Bad* en Kevin Hart.'

'Oké. Maar wie spelen zij dan?'

'Gewoon.'

Spelen zij die echte mensen? Die mensen uit het

boek? Of de mensen uit de Franse film? Of allemaal een beetje?'

'Weer geen Algerijnse acteur gevonden, hè. Zou dat nou echt zo lastig zijn?'

De man had gezwegen en geluisterd terwijl hij zijn cola dronk, maar nu boog hij zich plotseling over de tafel heen om zich in het gesprek te mengen. Hij schraapte zelfs plechtig zijn keel.

'Mensen zijn vloeibaar,' zei hij ernstig. De jongens werden stil. 'Als je over ze schrijft komen ze vast te zitten. En zonder de vrijheid om te stromen zullen ze nooit meer zichzelf kunnen zijn. Schrijvers zijn gevaarlijk, zie je. Ze beroven de wereld van hun vrijheid. Ik ben ook een schrijver, en dat spijt mij.'

'Ja, nee, precies, ja,' zei de jongen met de zwarte haren. 'Ik ga wel even betalen.'

Ongemerkt was het lawaai uit de speakers van de televisie afgenomen, het was stiller geworden op het scherm. Voor de lens van de camera stond een vrouw, ze was heel dichtbij komen staan, tot haar gezicht het hele scherm vulde.

'Hallo?' riep ze, alsof ze zo de grillroom in kon kijken. 'Hallo?'

7

Ines
Slaap je al?
Die studenten waren er weer
Ze hebben met saus
gegooid en daarna drie
kwartier over een Franse film
zitten praten
Intouchables
Heb je die gezien?
Klonk niet zo heel leuk hoor
Was racistisch zei een van
die jongens
Oke je slaapt waarschijnlijk

8

'Ik snap nog steeds niet wat ze met dat grapje bedoelden,' zei de man. Ze hadden samen met de jongens de grillroom verlaten, daar hadden zij hun fietsen opgeraapt en waren ze slingerend in de mist verdwenen terwijl ze de man joviaal uitzwaaiden en 'Au revoir' riepen. De inbreker stond nog te wrikken aan het slot van zijn scooter. Het was een oud slot, als het kouder werd begon het ijzer tegen te werken.

'Het was ook niet echt een grapje,' zei hij tegen de man. 'Hij vond gewoon dat we op hen leken, maar zijn vrienden snapten er ook niet veel van.'

'Ja, maar op wie dan?' zei de man verontwaardigd, hij nam geen genoegen met dat antwoord. 'Wij zitten toch allebei niet in een rolstoel? Wie van ons is dan wie?'

De inbreker schudde het slot op en neer. Hij schudde, liet het een paar keer hard op de grond vallen en vouwde zijn handen om het koude ijzer. Hij wist niet welke handeling daarvan precies effect had, misschien zou het slot ook meegeven als hij een tijdje niks deed, maar uiteindelijk ging het altijd weer open.

Hij had geprobeerd erover na te denken terwijl de jongens praatten, maar een plan had hij nog steeds niet. De man meenemen naar een grillroom was een soort uitstel van executie geweest. Hij dacht dat hij na het eten wel een idee zou hebben hoe hij het zou gaan oplossen, de rommel, het bloed, maar het leek erop dat het hem alleen maar verder van een oplossing had gebracht. Het eten had iets wakker gemaakt in de man. Hij was energieker dan voorheen en de inbreker vreesde dat hij nu helemaal niet meer vatbaar zou zijn voor een plan waarin hij werd teruggebracht naar zijn bed.

'Weet je wat ik nou zo prachtig vind?' zei de man handenwrijvend. Hij bewoog ongeduldig om de scooter en de inbreker heen. 'Jij bent geen *inbreker*, maar een *uitbreker*. Je hebt mij helpen *uitbreken*.'

Hij herhaalde die woorden terwijl hij over de stoep begon te ijsberen. Inbreker, uitbreker, inbreker. Waarschijnlijk was het de cola die door zijn lichaam gierde, was het meer suiker dan hij gewend was.

Toen het slot uiteindelijk meegaf en de inbreker de zitting openklapte kwam de man teruggesneld met zijn ogen wijd open. 'We kunnen nog niet terug,' zei hij zenuwachtig. 'We zijn eigenlijk pas net begonnen.'

De inbreker wist niet wat hij moest zeggen. Misschien als ik deze scooter start, dacht hij, dat ik er dan vanzelf achter kom.

Inbreken is improviseren. Je kunt proberen je voor te bereiden, maar je weet nooit precies wat je aantreft.

Hij was maar gewoon gaan rijden. De man had zijn armen strak om zijn middel geslagen en praatte onvermoeibaar in zijn oor.

'Misschien kunnen we samen een keer die film gaan kijken,' zei hij. 'Misschien dat ik het dan ga begrijpen.'

De inbreker had gehoopt dat de man vanzelf zou ophouden met praten als hij niet antwoordde, maar daar was vooralsnog niet veel van te merken. Hij vroeg steeds of ze er al waren, en als dat zo was, waar ze dan heen gingen. Hij wees naar gebouwen en leek onder de indruk van de simpelste dingen om hen heen, dan weer leek hij zich compleet onbewust van de omgeving en namen zijn gedachten onvoorspelbare wendingen.

'Heeft iemand jou weleens verteld dat je een geweldige metafoor bent?' zei hij.

De inbreker negeerde het. Jij kent mij niet, dacht de inbreker. Dit was geen metafoor, dit was gewoon zijn leven, als de man dat begreep zou hij misschien wat minder praten. De inbreker zocht naar gebouwen of plekken die hij zou herkennen, die hem op het juiste spoor zouden kunnen brengen, maar het was moeilijk om houvast te vinden, de mist had de stad veranderd. De straten leken door elkaar geschud. Soms herkende hij tot zijn verbazing een winkel of een straathoek die voor zijn gevoel heel ergens anders had moeten liggen.

Over dit soort momenten vertellen ze je niet als je een inbreker wordt. Ze roemen de vrijheid en de flexibiliteit, ze vertellen er niet bij dat je het grootste deel van de tijd radeloos bent, geen idee hebt waar je bent of waar je naartoe gaat.

Iemand in een winkelstraat had hem een folder in de hand geduwd. BEN JIJ KLAAR VOOR EEN UITDAGING? HEB JIJ EEN HANDS-ONMENTALITEIT? Dagen later had hij het mobiele nummer onder aan de folder gebeld. Niet omdat hij een hands-onmentaliteit had, maar omdat hij benieuwd was wat er zou gebeuren. Hij had er niet lang over nagedacht, voor hij het goed en wel doorhad had hij het al gedaan.

'Hallo?' Een jongen met een overslaande stem had opgenomen. De inbreker stelde zich voor dat het dezelfde jongen was die hem de folder had gegeven.

'Ik heb je nummer van de folder,' zei hij. 'Het is me alleen nog niet helemaal duidelijk wat jullie precies doen.'

'Wij houden ons bezig met de uitwisseling van bezit,' zei de stem. 'Als je daar meer over wilt weten kun je beter even langskomen. Ik stuur je het adres.'

Het gesprek had niet eens een minuut geduurd en de afspraak was al gemaakt. Hij kreeg geen tijd om te twijfelen. Een dag later was hij op de fiets gestapt en naar de oude scheepswerven net buiten de stad gereden. Zijn telefoon vertelde hem dat hij zijn bestemming had bereikt, maar hij had op een verlaten erf gestaan en het blauwe bolletje op zijn scherm dobberde zoekend rond. Hij kreeg een bericht binnen.

We zien je staan. We zitten in
die witte container.

Vanbinnen leek het op een geïmproviseerd noodkantoortje. De muren waren leeg, er was één schuifraampje met versleten luxaflex ervoor. Op de vloer lag blauw tapijt met vieze vegen van de modder van buiten, aan het plafond hingen tl-buizen. Er stonden twee bureautjes in de container. Achter het ene bureau zat de jongen uit de winkelstraat, hij droeg een te groot pak en keek geconcentreerd naar het computerscherm dat vlak voor hem stond. Achter het andere bureau zat exact dezelfde jongen, maar deze glimlachte naar hem terwijl hij van zijn stoel opstond.

'Heb je het een beetje kunnen vinden?' vroeg hij terwijl hij hem een hand gaf. Hij pakte een klapstoel en klapte die uit aan de andere kant van zijn bureau. 'Ga zitten. Koffie?'

Achter in de container stond een koffiezetapparaat op een aanrechtje. In de kan stond de koffie al te dampen. De jongen schonk een plastic bekertje vol waar hij even onderzoekend aan rook toen hij terug naar het bureau liep. Hij slofte, alsof hij te grote schoenen aanhad.

'Als het te zuur is moet je het zeggen,' zei hij. 'Zet ik even nieuwe.'

Het was zuur, maar hij had zijn gezicht in de plooi kunnen houden bij de eerste slok en daarna had hij het bekertje niet meer aangeraakt. Hij wilde niet binnenkomen en meteen allemaal eisen stellen.

De jongen typte wat op zijn toetsenbord en keek onderzoekend naar zijn scherm. Hij wilde het liever niet over inbreken hebben, vertelde hij meteen. De term was beladen en bracht allerlei criminele connotaties met zich mee waar zij zich juist verre van hielden. Hij wees steeds even naar de identieke jongen aan de andere kant van de container en noemde hem dan zijn 'compagnon'. Zij spraken liever over de uitwisseling van bezit.

'Dat iemand ooit besloten heeft dat stelen strafbaar moet zijn betekent niet dat het in de kern ook echt slecht is. Het is van nature een balancerende kracht.'

Het viel de inbreker op dat de jongen een vlassig snorretje had. Van een afstand kon je dat niet zien, maar van dichtbij zag je een paar zwarte haartjes op zijn bovenlip.

'Voorbeeldje: ik heb twee appels, jij hebt er nul. Ik noem maar iets, hoor, even denkbeeldig. Als jij er dan één van mij steelt, heb jij een appel. En zit ik dan met lege handen? Nee. Ik heb ook nog een appel. Snap je? Robert Hood. Op school krijg je altijd te horen dat je eerlijk moet delen, maar dan word je volwassen en dan telt dat opeens niet meer. Dat vinden wij dus raar.'

'Ro*bin* Hood.' Zonder hen aan te kijken mengde de andere jongen zich in het gesprek. De inbreker keek naar hem. Ook hij had zo'n beginnend snorretje.

'Precies! Robin Hood,' hervatte de jongen tegenover hem zijn verhaal. Hij boog zich over het bureau richting de inbreker. 'Maar even tussen jou en mij. Veel inbrekers zijn ook wel prutsers, hè, amateurs. Omdat het illegaal is wordt er weinig gedaan aan organisatie, administratie. Het kan allemaal best wat professioneler. Nou ja, daarom zijn wij er dus. Wij proberen de markt naar een hoger niveau te tillen.'

Ze regelden eigenlijk alles, legde de jongen uit. Scholing, materiaal, een scooter. Het enige wat hij ervoor zou hoeven doen was inbreken – nee, het bezit herverdelen. Met het ondertekenen van een contract kreeg hij een licentie en toegang tot een systeem waarin alles zou worden bijgehouden. De jongen liet een app zien waarin adressen zouden verschijnen die geschikt waren voor inbraak, achteraf zou hij in diezelfde app kunnen aangeven wat hij precies had meegenomen. Zij zouden vervolgens zorgen dat die spullen ook weer werden verkocht en dat hij daar een percentage voor kreeg.

'Het is net als vroeger, maar dan zonder al het gedoe,' zei de jongen terwijl hij een kant-en-klaar contractje uit een lade trok. Hij leek te willen dat het zo snel mogelijk werd ondertekend.

'We zoeken altijd een beetje avontuurlijke types zoals jij. Geen gasten met een negen-tot-vijfmentaliteit, maar met een negen-tot-vijfmentaliteit. Snap je? Negen tot vijf 's nachts.'

Hij lachte daar zelf om en keek even opzij naar zijn compagnon, die onverstoorbaar door bleef typen.

'Kijk, hoewel we het allemaal wat gestroomlijnder proberen te regelen krijg je bij ons alsnog veel meer vrijheid dan bij andere baantjes, ja? Vaste banen en verplichte werkuren zijn niet meer van deze tijd. We geven jou gewoon de tijd om makkelijk wat bij te verdienen, op de manier waarop jij dat wil. Je moet het zo zien: we zijn het... Wacht, hoe zei jij dat nou?'

'Een start-up. De Uber van het inbreken.'

'Van het uitwisselen van bezit.'

'Ja.'

'Precies. Je krijgt veel eigen verantwoordelijkheid, we zijn heel flexibel. Hier en hier even tekenen alsjeblieft, en een paraafje op iedere bladzijde.'

Natuurlijk had hij ook toen wel enige twijfel gehad bij hun verhaal, zeker toen het opeens allemaal heel snel leek te moeten. Maar hij had gewoon niet echt zin om het hele contract daar ter plekke door te nemen, hij zou zich opgelaten hebben gevoeld als hij dat deed terwijl zij toekeken. Ze zouden denken dat hij hen niet vertrouwde, maar de jongens leken hem ongevaarlijk, hooguit wat dom. Hij kon op dat moment ook gewoon niet bedenken wat de nadelen zouden zijn en de voordelen waren duidelijk: hij kreeg een scooter van de zaak, een oud kettingslot en een tweede helm. Of zoals de tweeling het noemde: alles wat hij nodig zou hebben om een inbraak soepel te laten verlopen.

Achteraf had hij er weleens spijt van dat hij er geen moment echt goed over had nagedacht, maar zo ging dat altijd bij hem. Het leven diende zich gewoon aan, en tegen de tijd dat hij bedacht of het wel was wat hij wilde was het al gebeurd. Het was waarschijnlijk om dezelfde reden dat hij nu deze man achter op zijn scooter had. Meestal begon hij eerst te rijden en bedacht hij daarna pas waarheen.

De mist spoelde als een golf over hen heen. Even

waren ze weer ondergedompeld in het niets, alsof iemand plotseling een rookmachine had aangezet. Hij kon het asfalt niet eens meer zien, zijn handen aan het stuur nog net. Achterop maakte de man verwonderde geluiden.

'Ik zie niks meer,' zei hij. 'Geweldig.'

Toen de inbreker voor de veiligheid wat vaart minderde zag hij dat er hoog boven hen strepen van licht door de lucht trokken. Het duurde even voor zijn hersenen begrepen wat hij zag, de verlichting van een flatgebouw. Een gebouw dat hij herkende bovendien. Hij was er een paar maanden geleden nog geweest.

Het idee was dat nieuwe werknemers een week zouden meelopen met een ervaren inbreker die hun de fijne kneepjes van het vak zou bijbrengen. De tweeling noemde dat de onboarding. De ervaren man was Koert. Hij had hem de hand geschud met een van zijn enorme handen en was daarna weer verdergegaan met het draaien van een sjekkie. 'Jij komt via die tweeling toch?' was het eerste wat hij zei. 'Vergeet alles wat ze tegen je hebben gezegd.'

De onboarding van een week zou maar een dag duren, legde Koert uit. 'Daarom moet je goed opletten vandaag. We hebben niet zo lang. Ik weet dat ze zeggen dat het een week is, maar dit is gelijk je eerste les: geloof niks van die praatjes van die oenen. Ze lullen alles bij elkaar.'

Koert had een schaartje uit zijn jaszak gehaald en de sigaret in tweeën geknipt. In elke hand hield hij een halve sigaret omhoog. 'Eentje vooraf en eentje achteraf, snap je?' zei hij. Nadat hij de ene helft in een binnenzak gestopt had stak hij de andere aan.

Ze hadden in de portiek van de flat gestaan. Op de bovenste verdieping zouden ze volgens Koert vrij spel hebben in het huis van een vrouw die vaak van huis was. Koert legde uit dat ze pas gescheiden was en vaak bij een ander sliep. Hij vertelde niet hoe hij dat wist.

'Heb je het contract al getekend?' vroeg Koert. Toen de inbreker bevestigend antwoord gaf op die vraag had hij alleen meewarig geschud en rook uitgeblazen door zijn neus.

'Die gasten doen niks,' zei hij. 'Het is alleen maar bureaucratie, begrijp je? Ze doen helemaal niks wat jij niet zou kunnen. Ze hebben gewoon een tussenlaag bedacht, ze gebruiken allemaal woordjes als efficiëntie, weet ik veel, maar neem dit van mij aan: ze weten niks. Ze zijn alleen maar uit op je geld. Ik ga het meteen tegen je zeggen: de grootste fout van mijn leven is dat ik met die klojo's in zee ben gegaan. Maar goed, ik ga bijna met pensioen en jij bent nieuw dus misschien nog wel te redden, dus knoop dit in je oren: als je echt wilt leren inbreken negeer je hun en luister je naar mij, ja?'

Volgens Koert moest je als inbreker twee dingen zijn: snel en stil. Bij veel mensen sluiten die twee zaken elkaar van nature uit, ze kunnen alleen stil zijn als ze langzaamaan doen, en worden hoe sneller hoe luider. Maar hoe stiller je inbreekt, hoe meer tijd je hebt, hoe meer je kunt meenemen. Als je dan ook nog eens snel bent, zei Koert, dan kun je een hele grote worden. Zelf was hij niet zo stil meer, bekende hij meteen, daarom zouden ze tempo maken. Hij nam een laatste hijs van zijn sigaret en gooide de peuk in een put.

'Je moet altijd een oogje op de tijd houden,' zei Koert terwijl hij de deur naar het trappenhuis opentrok. 'Voordat je naar binnen gaat even dat klokkie, ja? Het is intensief werk, je gaat er helemaal in op, en voor je het weet ben je veel te lang binnen, krijg je haast, ga je gekke dingen doen. Ja? Kijk even hoe laat het is en geef jezelf een tijd waarop je weer buiten wil staan. Daar hou je je aan.' Koert duwde zijn telefoon onder de inbreker z'n neus. 'Gezien?'

Hij rammelde zachtjes aan de deur van het appartement. 'Hoor je dit?' fluisterde hij. 'Zit geen slot op. Ze heeft de deur gewoon achter zich dichtgetrokken.' Hij haalde een pasje uit zijn jaszak, liet het even zien en stak het toen ter hoogte van het slot tussen de deurpost en de deur, dat paste precies. 'Flipperen, ja? Ze zeggen dat het moeilijk is, maar elke debiel kan het. Gewoon oefenen. Kan je ook gewoon thuis bij je eigen deur doen.'

Na wat wrikken en sjorren had de deur zowaar meegegeven. Een kort klikje. 'Na u,' zei Koert. In de gang hield hij de inbreker even staande terwijl hij de deur achter hen zachtjes dichtduwde. 'Volgende stap. Je instinct zegt nu misschien dat je moet pakken wat je pakken kan, maar dat moet je dus júíst niet doen. Inbreken is kijken, ja? Je raakt zo min mogelijk aan.

Nieuwkomers hebben de neiging om een heel huis overhoop te halen. Testosteron, denk ik. Te veel films gekeken. Heel puberaal. Niet doen. Wordt het alleen maar onoverzichtelijk van. Wat jij doet: je kijkt. Wat staat er allemaal? Televisies, computers, stereo, laat je allemaal staan. Fijn als het er is, maar het is je plan B. In eerste instantie ga je op zoek naar dingen die in je zak passen, ja? Geld, sieraden, dingen die rinkelen. Woonkamer bewaar je tot het laatst, daar ligt eigenlijk nooit iets.'

Aan de muur in de gang hingen foto's van een vrouw met een labrador op het strand. Het waaide hard, haar donkere haren hingen wild rond haar hoofd. Koert tikte zijn hand weg toen hij uit automatisme het licht aan wilde knippen. 'Licht uit. En nooit naar foto's kijken. Krijg je wroeging van.' Met gebaren verdeelde Koert de kamers, hij tikte even tegen een fotolijst. 'Die hond is dood trouwens. Hoef je je geen zorgen over te maken.'

Dat waren zijn eerste stappen als inbreker. Er was wat ongemak, maar Koert boezemde hem vertrouwen in. Hij bewoog niet helemaal soepel meer, hij had waarschijnlijk vaak last van zijn rug, maar waar die jongens in de container natuurlijk overwicht hadden gemist had Koert het in overvloed. Hij straalde uit dat hij wist wat hij deed.

'Je houding.' Koert trok hem hardhandig aan zijn arm en deed voor hoe hij moest staan. 'Je moet een open houding hebben. Ja? Je weet nooit wat je aantreft, je moet overal voor openstaan.'

De eerste kamer was een slaapkamer. Het bed was groot en opgemaakt, de rest van de kamer was brandschoon. Waarschijnlijk had Koert gelijk en sliep ze hier nog zelden. Hij keek om zich heen en schrok toen hij iets zag bewegen. Het was zijn spiegelbeeld. Hij zag zijn opengesperde ogen en voelde zijn hart bonzen. Tot op dat moment was hij vergeten dat ze toch eigenlijk iets spannends aan het doen waren. Hij keek zichzelf aan en dacht: snel en stil.

Onder de spiegel stond een klein ladekastje op een tafeltje. In het bovenste laatje lagen oorbellen, kettingen, ringen, een horloge. Alles netjes geordend. Alsof ze het alvast had klaargelegd voor iemand die zou langskomen. Hij had geen flauw idee hoeveel het waard was, maar dit paste in zijn zak. Hij had er eerder niet echt over nagedacht, maar er was wel een soort drempel die eerste keer. De tweeling had geprobeerd het recht te praten, maar hij moest toch een morele grens over op dat moment. Hij liet het horloge in zijn zak glijden en greep met zijn andere hand alvast een ketting, maar na een paar grepen uit de verschillende laatjes was hij gaan twijfelen. Hij hoefde toch niet alles mee te nemen? Hij had al hartstikke veel, zijn zakken zaten bijna vol. Hij nam een handje uit zijn zak en legde het terug in een van de laatjes, toen hij het dichtschoof bedacht hij hoe opgelucht de vrouw zou zijn als ze zag dat niet álles weg was.

Koert stond in de deuropening met een laptop onder zijn arm. 'Heb je alles?' vroeg hij. De inbreker knikte. ‘Kom,’ zei Koert en hij liep voor hem de woonkamer in.

‘Vroeger vond je nog weleens een smak geld bij mensen thuis,’ zei hij. ‘Tegenwoordig is alles pin. Zijn wij de dupe van.’

De woonkamer was ruim en minimalistisch ingericht, alles was zwart, wit of houtkleurig, op de meubels en een paar grote lege plantenpotten na stond er niet veel. Koert had de laptop op de eettafel gelegd en was regelrecht naar de grote plasmatelevisie aan de muur gelopen.

‘Nog zoiets,’ zei hij. ‘Moeten die dingen echt zo groot zijn? Dat kunnen wij toch niet meenemen?’ Hij tilde een speaker op die ernaast stond. ‘Dat is dan wel weer fijn. Allemaal draadloos tegenwoordig. Dat geklooi met die kabels joh, wees blij dat je dat niet hoeft mee te maken. Wat een nachtmerrie. Ik zeg altijd: als je erover kan struikelen kan je het beter laten staan.’

Hij begon een speaker te verschuiven en tilde een andere op. Hij knikte naar de servieskast. ‘Kijk jij even of ze nog een duur bestekkie heeft.’

De inbreker had zich verbaasd over de eenvoud en kalmte waarmee alles tot op dat moment ging. Als inbreken zo makkelijk was, was het eigenlijk een wonder dat niet meer mensen het deden. Misschien deden ook wel veel meer mensen het en was het veel minder raar dan hij altijd had gedacht. Achteraf was het misschien overdreven, maar hij zou zweren dat hij zich zelfs even gelukkig had gevoeld, vlak voordat hij de lade van de servieskast probeerde open te trekken en een luide vrouwenstem door de kamer schalde.

Having trouble sleeping?

De schrik was als elektriciteit door zijn lichaam getrokken, en toen hij eindelijk achterom durfde te kijken zag hij Koert staan, verstijfd. Met doodsangst keek hij naar de speakers in zijn armen.

You're usually not awake at this time of the night. Shall I play your night time playlist to help you get back to sleep?

Koert vloekte binnensmonds en draaide de speakers driftig om om te zien waar de knopjes zaten die hij per ongeluk had ingedrukt, maar hij kon ze niet vinden, waarschijnlijk werd het ergens anders geregeld door een draadloos apparaat. 'Sst,' siste hij tegen het apparaat, alsof de stem een persoon was die hem zou kunnen verstaan. Even leek het alsof het nog had gewerkt ook, maar toen klonk er opeens muziek. Eerst alleen een piano, een zachte en zorgeloze riedel. Koert had hem angstig aangekeken terwijl hij met zijn hoofd gebaarde dat ze haast moesten maken. 'Pak jij de laptop,' zei hij nog over zijn schouder terwijl hij in een onhandige draf de overloop op ging, de lawaaiige speakers stevig tussen armen geklemd.

Here comes the sun

Een lage vrouwenstem begon te zingen. De inbreker rende naar het trappenhuis, maar hij moest steeds wachten op Koert, die niet zo snel was als hij en de zware speakers meerdere keren bijna liet vallen. In het trappenhuis ging het gezang gewoon door.

Little darling
It's been a long cold lonely winter

Tijdens de vlucht had hij zich er nog over verbaasd hoe snel de stemming was omgeslagen. Het ene moment had Koert nog uitgestraald dat hij alles onder controle had, het volgende moment stommelde hij als een onhandige oude man de trap af, met onder zijn armen speakers als wilde honden die hij niet de baas kon. Het moest een goed merk zijn, want verdiepingen lager stonden ze nog steeds in verbinding met waarmee ze dan ook verbonden waren.

Little darling
It feels like years since it's been here

Pas op de onderste treden begon de muziek te haperen, en na een enkele piep was er een ijzige stilte in het trappenhuis gevallen.

Koert moest nog steeds op adem komen toen ze de speakers in vuilniszakken in zijn kofferbak schoven. '"Here Comes the Sun" van Nina Simone,' zei hij toen ze wegreden en hij de tweede helft van zijn sigaret uit zijn binnenzak toverde. Terwijl hij de peuk aanstak leek er zowaar een glimlach op zijn mond te verschijnen. 'Wie zet dat nou in een *nighttime playlist*?'

Koert had erop gestaan dat ze nog even een kop koffie gingen drinken. Je moet een routine voor jezelf creëren, zei hij. De sigaretjes, de koffie na afloop, het hielp hem om de spanning los te laten. Bovendien was een koffietent volgens hem de laatste plaats waar de politie een inbreker zou gaan zoeken. De kalme, autoritaire Koert keerde terug alsof hij nooit was weg geweest. Terwijl het hart van de inbreker nog steeds in zijn keel klopte zong Koert zachtjes mee met de autoradio.

Hij had hem meegenomen naar een café, waar ze aan een tafeltje in de hoek een espresso hadden gedronken alsof ze daarvoor niets strafbaars hadden gedaan.

'Je kan er maar beter aan wennen,' zei Koert nadat hij een aantal grapjes had gemaakt om de spanning eruit te halen. 'Je gaat nog veel gekkere dingen meemaken dan dit. Maar ik vertrouw jou wel. Je doet het goed, je blijft rustig, je kijkt helder uit je ogen. Kijk, inbreken is improviseren, ja? Een inbreker heeft geen regels, hij heeft alleen een hart. Laat je niet gek maken door die tweeling, volg je intuïtie en doe het op je eigen manier.'

Het was een nacht als deze geweest. De lampen van de lantaarnpalen leken te zweven in de nevel. De inbreker kon de espresso van die nacht nog ruiken en opeens wist hij precies waar hij naartoe moest.

III

9

Slapen is acteren. Om in slaap te vallen moet je eerst doen alsof. Je doet het licht uit. Je gaat liggen en doet je ogen dicht, je vertraagt je ademhaling. Je blijft zo liggen en doet alsof je iemand bent die slaapt, tot het ongemerkt opeens de werkelijkheid geworden is. Natuurlijk, je draait je nog eens om, je zoekt een koeler gedeelte van je hoofdkussen, je denkt aan wat je had moeten zeggen tijdens die ruzie een paar jaar geleden. Je gaat woelend op zoek naar een houding die bij je past, maar geleidelijk gebeurt het. Je valt in slaap. En net als met acteren weet je nooit precies wanneer het lukt. Het is een gradueel proces. Het ene moment lees je andermans tekst voor en het volgende moment ben je zelf die ander. Je speelt niet langer een rol, je *bent* die slapende versie van jezelf.

In slaap vallen was nooit het probleem voor Floor, ze ging gewoon naar bed als ze moe was en zonk dan als een steen naar de bodem. Het probleem was eerder dat het haar niet lukte om in haar rol te blijven. Iedere nacht kwam ze langzaam maar zeker tot het besef dat ze wakker was geworden. Er was vaak geen direct aanwijsbare reden voor, geen herrie op straat of een weggetrokken deken, maar als je eenmaal beseft dat je wakker bent is er geen weg meer terug. De betovering is verbroken, als een acteur die plotseling in de lens kijkt. Maar hier is het probleem: het wordt dan niet opeens ochtend. Het is nog steeds nacht, de camera blijft draaien.

Je kunt dan twee dingen doen: je blijft liggen en doet alsof, of je gaat uit bed.

01:01

Het scherm lichtte op, ze wreef in haar ogen. Ze was er vroeg bij vannacht, iedere nacht werd het een stukje eerder. Het maakte haar slaap korter en het gepieker langer. Het was een neerwaartse spiraal.

Het was vast het simpelst om zo min mogelijk te denken, om de gedachten gewoon te laten gaan, maar als ze dat dacht, als ze eenmaal begonnen was met denken, kon ze niet meer stoppen. Ze herhaalde steeds dezelfde gedachten in haar hoofd, alsof een regisseur haar verzocht dezelfde scène over en over te doen, steeds een stukje slechter. Zelfs het besef dat ze vastzat in diezelfde cirkel van gedachten kon haar niet helpen, het maakte het misschien alleen nog maar erger. Ze wist niet waar haar hoofd het vandaan haalde, het was bijna compulsief. Schijnbaar uit het niets doemden beelden van de afgelopen dagen op. Ze dacht aan dingen die ze gezegd had, net zo lang tot ze dacht dat ze die beter niet had kunnen zeggen, om zich vervolgens schuldig te voelen over het feit dat ze zich schuldig voelde, om wakker te liggen van het feit dat ze weer wakker lag.

Een andere oplossing was stoppen met haar werk, de meest direct aanwijsbare bron van haar stress. Die stress zorgde er weer voor dat ze haar werk minder goed kon doen en daardoor kreeg ze alleen nog maar meer stress. Je lost zo'n vicieuze cirkel waarschijnlijk niet op door erin te blijven zitten. Daarom moest ze ook niet luisteren naar de mensen die zeiden dat ze het niet kon maken om te stoppen. Dat zeiden ze alleen uit eigenbelang, zodat er niets zou veranderen, ze dachten niet aan haar. Ze zeiden dat haar werk niet het probleem was, dat ze dat alleen dacht omdat ze slecht sliep. Goed, ze sliep natuurlijk ook slecht, dat kon ze niet ontkennen als ze weer wakker lag omdat ze daaraan lag te denken, maar het was onmogelijk te zeggen waar het begonnen was.

Wat die neerwaartse spiraal van gedachten een nog grotere beproeving maakte was dat er naast haar in bed altijd iemand onverstoorbaar doorsliep. Ze kon de ergernis en jaloezie voelen groeien als ze luisterde naar de kalme ademhaling naast haar, als ze keek naar het silhouet aan de andere kant van het bed, van het zorgeloze lichaam van Mark. Er bestaat een idee dat je iemands ware gezicht pas kunt zien als diegene slaapt, als het masker van de dag afgaat en mensen de controle uit handen geven, niet langer weten dat ze bekeken worden. Maar Mark zag er altijd exact hetzelfde uit, of hij nou wakker was of sliep. Je kon het niet zien in het donker, maar hij sliep steevast met een tevreden glimlach op zijn gezicht. Hij sliep niet alleen, hij was ook heel tevreden dat hij sliep.

Mark geloofde niet dat problemen werkelijk bestonden, het was volgens hem allemaal een kwestie van perspectief. Hij wilde daarom ook nooit over problemen praten, hij rolde zijn mouwen op en zei: 'Laten we het over de oplossingen hebben.' Dat er soms geen simpele oplossing is, dat je soms ook over problemen moet praten om erachter te komen wat je precies probeert op te lossen, ging er bij hem niet in, dat was allemaal tijdverspilling. Dat voelde misschien ook zo als je zo naadloos in de wereld paste als hij, maar het leek ook altijd een vlucht naar voren. Alsof hij vreesde dat als je te lang naar het probleem keek duidelijk zou worden dat hij het was. Nee, er was geen probleem, ze keek er alleen verkeerd naar.

Hij had het ook tegen haar gezegd, een week of wat geleden. Ze stond tomaten te snijden in de keuken. Eigenlijk was het daar al misgegaan, die tomaten, ze hield helemaal niet van tomaten. Het was niet zozeer de smaak die haar tegenstond, de smaak was prima, maar dat harde taaie vel, dat halfzachte vruchtvlees en dan binnenin, als een ranzige verrassing, dat slijm, die kikkerdril. Afzonderlijk waren die texturen al vies genoeg, maar de combinatie van de drie was zo mogelijk nog viezer. Ze wist al dat ze dat vond, maar toch bleef ze blijkbaar gerechten met tomaten maken.

'Dat komt doordat je nog nooit een echte tomaat gegeten hebt,' zei Mark. 'In Nederland spuiten we die dingen helemaal vol met water. *Wasserbomben.*'

Ze hoorde het al als hij door het trappenhuis liep, die zorgeloze tred. Hij had zijn schoenen uitgetrapt en was languit op de bank gaan liggen. Het rook heerlijk, zei hij, maar ze kon nooit iets met dat soort complimenten. Ze had een YouTubevideo van een Italiaanse oma aangezet en stapsgewijs haar recept opgevolgd. Als iemand complimenten verdiende was het die oma.

Hij had iets gezegd over de mist buiten, hoe het zicht inmiddels zo verminderd was dat hij zijn mistlampen had moeten aanzetten. Natuurlijk, Mark, had ze toen moeten zeggen, daarom heten ze ook mistlampen. Maar ze had iets anders gezegd, iets wenselijks waarschijnlijk, terwijl ze toen al geïrriteerd was. Ze haatte hoe het eruitzag, de man languit op de bank, scrollend door zijn telefoon, en de vrouw in de keuken. Alsof ze een stel waren uit een jarenvijftigserie, alsof zij altijd maar in deze keuken stond.

Ze wist niet meer precies hoe ze tot die ruzie gekomen waren, ze had er 's nachts al zo vaak aan teruggedacht dat de herinnering was verkleurd. Misschien had ze er bewust naar gezocht, misschien was het uit het niets ontstaan, maar ze had op een gegeven moment laten vallen dat ze overwoog te stoppen met haar werk en hij had daar alleen maar schamper om gelachen, alsof ze zonder het te weten iets heel grappigs had gezegd.

'Nee nee, ik geloof je wel,' krabbelde hij toen terug. 'Maar je snapt toch zelf ook dat dat helemaal niet kan? Je speelt de hoofdrol, het nieuwe seizoen is al begonnen. Dan kun je toch niet opeens stoppen?'

Ze had zich afgevraagd aan wiens kant hij nou eigenlijk stond, of hij zelf ook doorhad dat hij klonk als een producer die de belangen van de zender behartigt, in plaats van als een vriend die begrip heeft voor de zorgen van zijn vriendin. Zou hij haar niet gewoon moeten steunen in wat het dan ook was wat ze wilde? Waarom deed hij alsof zij zelf niet wist wat het beste voor haar was? Ze wist niet precies welke van die dingen ze hardop had gezegd, maar het volgende moment had hij naast haar in de keuken gestaan, zo druk bezig de gemoederen te bedaren dat hij helemaal niet meer luisterde naar wat ze wilde zeggen.

'Ik snap het heus wel, Floor. Je hebt stress, je bent moe, misschien vind je het daarom gewoon even wat moeilijker om de positieve kanten te zien? Is het niet ook gewoon omdat je slecht slaapt?'

Mark vond vast dat hij invoelend geklonken had door dat te vragen, maar in feite zei hij dat haar probleem niet bestond. Het was geen probleem, ze keek er alleen verkeerd naar. Zij was het probleem.

Die spiraal van gedachten wees uiteindelijk altijd weer naar haarzelf. Was het niet ook haar eigen schuld dat ze het steeds zover liet komen? Viel haar niet te verwijten dat ze zich altijd maar weer liet overhalen te blijven, dat ze nooit eens echt doorzette in zo'n ruzie, maar dat ze haar onvrede telkens weer inslikte om de status quo maar niet te verstoren? Ze wist al lang dat het voor niemand leuk was als ze met tegenzin de rol in de serie bleef spelen, voor haar niet, voor haar collega's niet, voor de kijkers niet, mensen zien dat heus wel, maar het was alweer seizoen 7 en haar gezicht zat nog altijd in de leader.

'Misschien moet je toch eens een afspraak maken met een slaapcoach,' had Mark gezegd.

Ze had daar op dat moment eigenlijk hard om willen lachen. Ze voelde niets voor dat soort modieuze schijnoplossingen. Een lifecoach, een loopbaancoach, voor alles in het leven is wel een ongediplomeerde vent te vinden die verzonnen heeft dat hij er verstand van heeft. Het was vast van haar gezicht te lezen, want Mark zei meteen dat hij wist wat zij van dat soort dingen vond en dat hij het ook zweverig vond klinken, maar dat het dat heus niet was. Roos had het toch ook geprobeerd en die sliep inmiddels weer als, ja, een roos.

Meditatie, mindfulness, wietolie. Mensen kwamen altijd met dezelfde dingen aanzetten als ze wisten dat je moeite had met slapen. Allemaal gingen ze ervan uit dat de slaap zelf het probleem was, dat als je dat op zou lossen de rest dan vanzelf op z'n plek zou vallen. Maar het is lastig te zien waar een vicieuze cirkel precies begint en ze moest toch een beetje wanhopig zijn geweest die avond, want ze had niet gelachen om de slaapcoach, ze had zich zowaar laten overhalen om een afspraak te maken.

01:02

Mensen die denken dat ze wakker liggen slapen meer dan ze denken. Het was een geruststellend bedoeld weetje dat iemand haar ooit had verteld. Mensen halen hun gedachten en dromen door de war en denken vervolgens ten onrechte dat ze geen oog hebben dichtgedaan, dat ze alleen maar hebben liggen malen. Maar voor haar leek het niet op die manier te werken. Nooit keek ze op de klok om te zien dat er opeens een uur verdwenen was, de ochtend was altijd ver en de tijd bewoog traag. Al die gedachten en pas één minuut verder. Hoe kon dat nou?

Het was wat dat betreft nog best bijzonder dat ze het vaak kon opbrengen om te blijven liggen. Meestal ging ze pas uit bed tussen vier en vijf, als de lucht langzaam lichter kleurde en de ochtend binnen handbereik kwam. Waarschijnlijk had het te maken met een ander geruststellend bedoeld weetje dat voor haar helemaal niet leek op te gaan: als je blijft liggen rust je in ieder geval uit.

10

Die eerste nacht met Koert had het hem nog verbaasd dat er een koffietent open was op dat tijdstip, maar door de vanzelfsprekendheid waarmee Koert de espresso bestelde had hij daar niets van durven laten merken. Voor de mensen in het café leek het volkomen normaal te zijn om midden in de nacht een kop koffie te gaan drinken. Ze zaten gebogen over een laptop of bladerden door de tijdschriften op de leestafel die allemaal op hun eigen manier over slapen leken te gaan. Misschien was het gerichte werving om ze neer te leggen in een nachtcafé, nichemagazines met coverstory's als IS DEZE MAN DE MODERNE KLAAS VAAK? of 43 SIMPELE STAPPEN OM SNELLER IN SLAAP TE VALLEN en advertenties voor abonnementsdiensten met hippe matrassen. Gratis honderd dagen proefslapen, *don't worry sleep happy*. Hij had nog nooit van de bladen gehoord, *The Sleepy Times*, *Apneu Magazine*, maar het was slechts een voorbeeld van wat hij in de maanden na die eerste inbraak zou leren: dat de nacht een eigen wereld was, parallel aan de zijne. Met bewoners die deelden dat ze wakker waren als anderen sliepen, met hun eigen manier van spreken en bewegen, met eigen bedrijven die hun van alles probeerden te verkopen, zoals tijdschriftabonnementen en ventilerende matrassen, of het idee dat koffie toch vooral een *lifestyle* is. Het leek veel op het leven overdag, maar het was er donkerder, rustiger en de tijd ging trager. Het speelde zich af in ruimtes die er overdag niet eens leken te zijn, maar waar 's nachts opeens de lampen brandden.

Het café was een van die plekken. Overdag was hij ook weleens in deze straat geweest, maar pas in het donker, als het licht door de grote ruit aan de voorkant van het pand op de stoep scheen, viel het op dat het bestond. Het was een smalle, diepe ruimte met een mozaïekvloer van witte en zwarte steentjes, het geheel werd verlicht door een grote zwarte kroonluchter die zachtjes ronddraaide en schaduwen bijna onzichtbaar langzaam over de muur lieten glijden.

Aan de openingstijden op de voordeur was te zien dat het café inderdaad alleen 's nachts open was, maar op de tijdschriften na werd daar nauwelijks nadruk op gelegd. Dat suggereerde dat het concept ook niet zo uniek was als de inbreker aanvankelijk had gedacht, maar of het deel uitmaakte van een keten had hij nog niet kunnen achterhalen. Het was ook niet duidelijk van wie het café precies was. Iedere keer stond er een andere barista koffie te zetten. Je zou zeggen dat je ze na een aantal nachten allemaal wel gezien hebt, maar terwijl de koffie altijd hetzelfde smaakte was het gezicht achter de toonbank elke keer anders. Ze droegen wel steevast dezelfde T-shirts, met daarop in witte tekst leuzen als TEAM NO SLEEP of DON'T TALK TO ME UNTIL I'VE HAD MY FIRST COFFEE.

Het was daarom geen plek waar hij zich thuis voelde, maar toch kwam hij er sinds die eerste nacht regelmatig, in de hoop Koert nog eens te treffen, maar ook om toch in ieder geval één van zijn adviezen ter harte te nemen en een routine voor zichzelf te creëren.

De eerste keer had hij nog geprobeerd een praatje te maken met een vrouw (het was die nacht een vrouw) achter de toonbank, omdat hij dacht dat het beleefd was de ongemakkelijke stilte vol te praten. Maar ze had hem alleen maar strak aangekeken terwijl hij stotterde en de espressomachine bromde. Uiteindelijk had ze hem zijn kopje toegeschoven en gezegd: 'Ik ben de barista, meneer. Ik ben hier niet om te kletsen, ik ben hier om de koffie te zetten.'

De volgende keer had hij daarom geprobeerd een koffie to go te halen en meteen weer weg te gaan, maar dat had alleen maar voor nog meer ongemak gezorgd omdat een jongen met een bril (het was die nacht een jongen met een bril) wilde dat hij zijn naam zou zeggen zodat die op zijn beker geschreven kon worden. De inbreker had gevraagd waarom dat moest. Er was op dat moment niemand anders in de koffietent.

'We doen er verder niets mee, hoor,' had de jongen met de bril meteen gezegd. Zijn privacy zou gewaarborgd blijven, verzekerde hij hem. Het ging hem helemaal niet om de privacy, het ging hem om het gebrek aan logica, maar de jongen had stug volgehouden dat het systeem hem nu eenmaal verplichtte om een naam op de beker te schrijven voor hij die kon meegeven. Ze hadden elkaar een tijdje zwijgend aangekeken, wachtend tot de ander zou toegeven, en toen had de inbreker maar gewoon een naam verzonnen. De jongen had het hoofdschuddend op de beker geschreven, er een plastic deksel op gedrukt en gezegd: 'Je ziet er helemaal niet uit als een Ruud.'

Vanaf dat moment had de inbreker zich strikt gehouden aan de routine van Koert. Hetzelfde tafeltje, dezelfde bestelling. Hij had hem nooit meer gezien sinds die nacht, maar als hij de espresso dronk maakte hij zichzelf wijs dat het klopte wat Koert had gezegd. Dat de koffie hem zou helpen om na te denken.

De barista begroette hen met een enthousiasme dat haar waarschijnlijk van hogerhand was opgelegd. Het was het enige contact dat je kon verwachten, maar iedere keer klonk het zo overtuigend dat hij even geloofde dat ze werkelijk om hem gaven.

De inbreker baalde even toen hij zag dat zijn vaste tafeltje bezet was. Het was een drukke nacht. Naast de leestafel stonden een paar tafeltjes die zo klein waren dat je echt moeite moest doen om er met meer dan één persoon aan te zitten. Het café was niet bedoeld om contact te maken en zo werd het ook niet gebruikt. Mensen zaten te typen of te lezen, een enkeling roerde in zijn koffie terwijl hij peinzend voor zich uit keek. Niemand keek op toen hij naar binnen stapte, de man met zijn helm nog op achter hem aan. Dat was dan wel weer een van de echte voordelen van deze plek: onverschilligheid. Iedereen zat achter zijn eigen tafeltje en hield zich afzijdig van al het andere.

Voor hen stonden twee mensen te wachten. Ze namen hun koffie mee. Ze lieten hun namen gewoon op de bekers schrijven en vertrokken weer, zo simpel kon het blijkbaar zijn. De man had zijn handen op een vitrine gelegd en probeerde de taartjes die erin lagen van dichterbij te bekijken. De inbreker bestelde twee espresso.

Het ritme was altijd hetzelfde, waarschijnlijk hadden ze allemaal dezelfde cursus gevolgd. Twee harde klappen op de rand van het prullenbakje, het malen van de koffie tot het juiste gewicht, en dan het zware brommen van de machine.

'Ga maar vast zitten,' zei de vrouw. Haar hoge stem golfde over het gebrom heen. 'Ik kom het zo wel brengen.'

Hij had de man bij zijn arm gepakt en meegenomen naar het enige tafeltje dat nog vrij was, in de hoek van het café, onder een grote hangplant. Hij had aan de jongen van het tafeltje ernaast gevraagd of hij de lege stoel tegenover hem mocht pakken. De jongen keek wel even op van zijn laptopscherm, maar hij had niets geantwoord terwijl zijn handen onverstoord doortypten, en toen had de inbreker het maar gewoon gedaan.

De man liet zich steeds gewillig verplaatsen. Hij

leek niet precies te begrijpen waar ze waren, maar hij leek zich daar tegelijkertijd weinig zorgen over te maken. Hij zat een beetje onderuitgezakt in zijn stoel en volgde dromerig de schaduwen op de muur. De inbreker keek naar de bladeren van de hangplant naast zijn hoofd, hij voelde eraan en merkte dat het plastic was.

Ze hadden al een tijdje zwijgend tegenover elkaar gezeten toen de kopjes tussen hen in werden gezet. De man bekeek de kopjes met daarop de tekst ESPRESSO YOURSELF en begon te lachen. Hij boog zijn hoofd over de tafel.

'Moet je zien hoe klein die kopjes zijn,' zei hij zacht, alsof niemand zou mogen horen wat hij zei. 'Of zijn die kopjes juist van normale grootte en zijn wij aan het groeien?'

De inbreker kon nog steeds niet inschatten wanneer de man een grapje maakte en wanneer hij serieus was, of dat zelfs wel concepten waren die hij kende. De man grinnikte nog toen hij het kopje aan zijn mond zette, maar met het eerste slokje vertrok zijn gezicht. Hij keek naar het kopje alsof dat ding hem persoonlijk iets had aangedaan. 'Goeie genade,' kon de inbreker hem horen mompelen.

Terwijl hij zelf een slok nam probeerde hij te bedenken wat hij zou moeten zeggen om deze nacht tot een goed einde te brengen. 'Al dat papier,' zei hij ten slotte. De man keek hem meteen verward aan. 'Je zegt tegen die studenten dat je een schrijver bent. Maar in je huis heb je archiefkasten vol leeg wit papier. Wat ik nog niet helemaal begrijp is... Wat schrijf je dan?'

'Ah!' riep de man al toen die zin nog niet eens af was. De vraag leek hem te bevallen. Hij wreef in zijn handen alsof hij erop had zitten wachten. Hij veegde zijn mond af en zat meteen rechter op zijn stoel. 'Ik ben ook een schrijver, zie je? Maar je hebt gelijk. Ik schrijf niet op papier.' Opnieuw leunde hij voorover over de tafel en hij begon zachter te spreken. Hij tikte met zijn wijsvinger op de helm. 'Het zit allemaal hier. Ik schrijf in mijn hoofd.'

'Sorry, wat?' zei de inbreker. Hij voelde dat zijn spieren zich aanspanden. De espresso begon te werken. 'In je hoofd?'

'Jazeker.'

'Hoe werkt dat dan?'

'God, ja, hoe leg je dat uit? Kijk, het is niet dat ik van de ene op de andere dag besloot ermee te beginnen. Het is geleidelijk veranderd, snap je? Ik begon namelijk wel op papier. Het is nogal een verhaal, maar ik kan het je wel vertellen.'

Het was vreemd om de man zo helder te horen formuleren. Voor het eerst deze nacht had de inbreker het idee dat de man echt *tegen* hem sprak en niet zomaar wat mompelde dat hij toevallig ook kon horen. Hij leek dankbaar dat hij eindelijk iemand had om zijn verhaal aan te vertellen.

'Het begon toen ik een typemachine kocht. Een mooie, nieuwe. Een prachtig ding. Ik zette hem op het bureau in mijn schrijfkamer en ik dacht: dit verandert alles, nu kan ik alles opschrijven wat in mijn hoofd zit. En in het begin was dat ook zo. Mijn hoofd kookte over, het stroomde over de rand en ik hoefde er niets voor te doen. Iedere ochtend ging mijn wekker om dezelfde tijd. Ik ging uit bed, ik at een mueslibol, ik schoor me, ik nam een koude douche, ik zette een pot koffie en ik ging achter mijn typemachine zitten. Daar kon ik typen en typen tot de koffie ergens in de middag koud geworden was en ik honger begon te krijgen. Dan goot ik de koffie door de gootsteen, dan at ik wat, een mueslibol, zoiets, en dan zette ik een volgende pot koffie en dan ging ik weer verder. Snap je, als het goed gaat kun je je simpelweg niet voorstellen dat het ooit fout zal gaan, tot het fout gaat. Op een dag lukte het me gewoon niet meer, de woorden kwamen niet meer. Ik begreep het niet. In mijn hoofd ging het nog steeds door, ik kreeg het alleen niet meer op papier. Je moet je de paniek eens voorstellen. De eerste keer dacht ik nog: kan gebeuren, morgen beter. Maar dan lukte het weer niet, en weer niet. Ik was het gewoon van de ene op de andere dag verleerd. Ik schaamde me rot. Ik dacht eerst: niemand mag dit weten, ik moet blijven doen alsof ik aan het schrijven ben, dan vermoeden ze niks. Dan stonden er weleens woorden op papier, maar als ik ze bekeek wist ik dat ze niets betekenden, dat het nergens over ging. Tot ik dacht: het gaat niet om die woorden, het gaat om het idee. Opeens viel alles op zijn plek. Alsof ik een sleutel had gevonden die een nieuw gedeelte van mijn hersenen opende waarvan ik niet eens wist dat ik het had. *Het gaat om het idee*. Toen ik begreep wat die woorden werkelijk betekenden veranderde alles.’

De man knipte met zijn vingers. Hij praatte expressief, met grote gebaren. Toch lieten de anderen in het café het langs zich heen gaan.

‘Ik ben gewoon doorgegaan. Wekker, mueslibol, scheren, douche, koffie, iedere ochtend. En dan achter die typemachine zitten. Ik kreeg nog steeds niets op papier, maar het was geen reden meer tot paniek. Ik zat daar achter mijn typemachine en liet alles door mijn hoofd gaan, de beelden, de woorden, de gesprekken. Ik wist: dat papier kan wel wachten, het gaat om het idee. Als ik daar een hele dag gezeten had at ik nog wat en dan ging ik weer naar bed. Het was zo’n bevrijding, maar na een tijdje dacht ik: wacht eens even. Als ik die koffie toch steeds koud laat worden en door de gootsteen giet, waarom zet ik die dan nog? Dus daar stopte ik toen mee. Een tijdje later dacht ik: als ik toch niet meer naar buiten ga, waarom zou ik me dan nog scheren? Wat maakt dat uit? Als het om het idee gaat, waarom zou ik ontbijten? Als ik mezelf toch niet echt vies maak op een dag, waarom zou ik nog douchen? Tot ik op een gegeven moment dacht: als het toch om het idee gaat, wat doe ik dan nog achter die typemachine? Ik kan toch ook gewoon in bed blijven liggen? Uiteindelijk was dat toch altijd al de plek waar ik de meeste ideeen had en waar ze het best tot hun recht kwamen. Ken je dat moment dat je wakker wordt en nog niet weet dat je wakker bent? Die halfslaap waarin alles door elkaar loopt? De wekker gaat, maar eerst is het nog geen wekker, dat geluid gaat zijn eigen leven leiden in je hoofd. Je kan de wekker al horen maar je bent nog ergens anders, in die prettige chaos van onsamenhangende beelden waarin alles nog alles kan zijn. Daar wilde ik blijven, tussen die werelden in, waar mijn ideeën werkelijk vrij konden zijn. Dat kan niet op papier, dat kan alleen in bed.'

Hij sloeg de rest van de espresso achterover en begon alweer te praten voor hij het had doorgeslikt. 'Dit spul maakt je wel goed wakker, hè? Nu ik dit drink herinner ik me weer hoe ik dat vroeger deed. Hoe verkrampt ik eigenlijk was, zonder het te weten. Al die moeite. Als je erover nadenkt, hè, waarom zou ik mijn ideeën dan eigenlijk moeten opschrijven? Wat heb ik daaraan? Ik voel het toch al? Moet ik er dan nog alle woorden bij bedenken? Ze noemen het niet voor niets een denkstap, snap je? Als je begint te denken is dat eigenlijk al een stap te ver, je gaat weg van wat je oorspronkelijk voelt. Tegen de tijd dat ik die woorden bedacht heb ben ik de helft van wat ik voelde alweer vergeten.'

Plotseling stond de man op, zijn stoel schoof wild naar achter en klapte tegen een andere stoel aan. De inbreker schrok zich rot, maar de rest van de aanwezigen verroerde geen vin. De vrouw die door de stoel geraakt werd keek niet eens op van haar tijdschrift, de vingers van de jongen naast hen bleven onverstoorbaar over het toetsenbord ratelen. Je vroeg je af hoe bont je het hier moest maken voor iemand je bestaan zou erkennen, of ze je zouden reanimeren als je zomaar opeens op de grond viel. De barista zette koffie. Niets kon het gebrom van de espressomachine overstemmen, het hield het café in trance terwijl de man een paar passen achteruit deed en harder begon te praten.

'Ik kan het wel dansen, meteen, hoef ik niet over na te denken,' riep hij. Hij begon zijn vuist ritmisch in de lucht te stoten. 'Pauw, pauw,' zei hij erbij. 'Zie je? Pauw pauw. Boem boem, pauw pauw.' Hij draaide om zijn as en begon met zijn hoofd te bewegen op een denkbeeldig ritme. 'Ik speel geen instrument, maar muziek, dat moet toch ergens hier vanbinnen zitten?' Hij sloeg nu met zijn vuist ritmisch op zijn borstkas. 'Ik snap niet hoe mensen naast de maat kunnen zitten. Dat gaat toch vanzelf? De maat, die zit toch hier? Boem boem, pauw pauw. Je hoeft je er alleen maar aan over te geven.'

Hij maakte nog een paar strakke, onverwachte dansbewegingen, vloog rakelings langs een tafeltje en de persoon die erachter zat en greep toen zijn eigen stoel weer vast. Hij ging zitten met een zucht en keek verwachtingsvol naar de inmiddels sprakeloze inbreker.

'Hier, ik heb het al gedaan,' zei hij, alsof het glashelder was wat hij bedoelde. 'Ik heb het al gevoeld, dat heb je toch gezien? En dan zou ik het nou ook nog moeten opschrijven? Man, ik zou niet eens weten hoe dat moet.'

De man nam een meer ontspannen houding aan en begon rustiger te praten. 'Je moet het misschien zien als *action painting*, ken je dat? Je smijt die verf gewoon op het doek, niet al dat gedoe met kwasten, geen vooraf bedachte vorm, gewoon volledig op gevoel. Dat zie je terug op het doek, die energie, die vrijheid. Als de verf vloeibaar is kun je er nog van alles mee, maar zodra het droogt is het klaar. Zoiets is het dus, maar dan in mijn hoofd.'

'Zou je dan niet schilder moeten worden?' vroeg de inbreker. Voor het eerst durfde hij de man te onderbreken.

'Maar ik kan toch niet schilderen?' zei de man, alsof het een heel vreemde vraag was geweest.

Na een korte stilte besefte de inbreker dat hij het nog steeds niet begreep. 'Dit klinkt eigenlijk alsof je er wel plezier in hebt,' zei hij. 'Maar toen ik in je slaapkamer kwam leek je helemaal niet vrolijk. Je was eerder bang. Kwam dat door mij?'

De man dook een beetje ineen en meteen had de inbreker spijt dat hij die vraag had gesteld.

'O nee,' zei de man, 'dat kwam niet door jou. Jij bent de inbreker, nee...'

De man veegde zachtjes iets van tafel dat er helemaal niet leek te liggen, misschien een verdwaalde suikerkorrel.

'Zie je, dat is wel een nadeel van schrijven in mijn hoofd. Ik kan het niet bewijzen. Mensen geloven nooit dat ik het doe. Dat is niet waar natuurlijk, ik doe hartstikke veel, ik lig de hele dag in bed. Ik heb zoveel ideeën, maar ik kan ze niet aan ze geven. Ze snappen niet dat mijn ideeën hier zijn.'

De man legde zijn handen nu niet op zijn helm, maar gebaarde om zich heen alsof zijn ideeën hier ergens aan een tafeltje koffie zaten te drinken. Hij was nu eindelijk even stil, alsof hij vond dat hij zijn punt gemaakt had.

Op dat moment zwaaide de deur open.

Een vrouw met een zonnebril liep naar binnen en bestelde een *decaf*. Ze liet de deur openstaan, achter haar trok de koude nevel langzaam het café in. Er was iets veranderd met haar binnenkomst, de inbreker voelde dat zijn hart sneller begon te kloppen. Terwijl hij naar haar keek hoorde hij een stem in de verte.

'Hallo?'

Net toen hij dacht dat hij het zich had ingebeeld hoorde hij het nog eens, iets luider.

'Hallo?'

'Hoor jij dat ook?' vroeg hij aan de man. Maar hij kreeg geen antwoord. Alleen een glazige blik.

11

Tamara reed van een brug en verdronk, Evelien ging vrijwilligerswerk doen in 'Afrika' en Mariska ging dood aan cholera. Niet aan kanker, dat was aanvankelijk wel de bedoeling maar dat lag gevoelig in haar familie. De realiteit was altijd bleker dan dat. Nooit ging iemand echt dood, nooit gingen ze écht weg. Een acteur klikte toch niet echt met de rest van de cast, een ander raakte overspannen en verdween voor altijd van de televisie, een actrice was bij nader inzien toch wat te oud voor de doelgroep. Dat soort dingen werden dan weer nooit hardop gezegd, in persberichten ging het altijd over 'een geweldige tijd' of 'een fantastische nieuwe uitdaging'. Er waren ook acteurs die uit zichzelf vertrokken, zij zagen zichzelf toch niet echt als acteur, maar meer als dj of als succesvol ondernemer in de cryptocurrency, of allebei. Zo ging dat. Je kon ook niet altijd maar dezelfde rol blijven spelen. Mensen verdwenen uit de leader, sommige personages bleven bestaan en kregen gewoon een ander gezicht. Ieder seizoen stonden er weer andere mensen op de set, maar zij mocht niet vertrekken, wat ze ook probeerde.

Mark draaide zich om en maakte een knorrend geluid. Floor hield haar adem in. Even vreesde ze dat ze hem gewekt had met het felle licht van haar telefoonscherm, maar die angst bleek altijd overbodig. Alle nachten dat zij wakker lag sliep hij door. Hij schepte daar weleens over op. Zij moest het altijd alleen zien te rooien.

01:03

Ze had voor een spiegel gezeten toen ze hoorde dat de visagiste was vertrokken en daardoor had ze gezien hoe ze ervan schrok.

'Is Marloes er niet vandaag?' vroeg ze aan een vrouw die ze niet kende. Ze rook naar sigaretten en spoot met een plantenspuit haar haren nat.

'Marloes is weg,' zei de vrouw, die geklonken had zoals ze rook. 'Wist je dat niet?'

Door de toon had ze zich even afgevraagd of ze het inderdaad niet gewoon wist, of dat ze het had moeten weten, maar Marloes was een van de weinigen die net als zij vanaf het begin bij de soap gewerkt hadden en ze had nooit de indruk gewekt dat ze weg zou gaan.

'Weg?' vroeg ze. 'Waarheen dan?'

'Poeh,' zei de vrouw en ze blies lucht tussen haar lippen door terwijl ze omhoogkeek, alsof het antwoord op het plafond geschreven stond. 'Zeilen, geloof ik?'

'Zeilen?'

'Ja... Een wereldreis? Dus ik weet niet precies waarheen. Ze maakt gewoon een rondje, denk ik.'

'Ik wist niet dat Marloes kon zeilen.'

'Nee joh, wij ook niet. En dan ook nog eens in haar eentje. In zo'n eh... Hè, Joke, hoe heet dat ook alweer?'

Joke stond een paar stoelen verder te rommelen in een bak kwasten. 'In een Noordse Folkboot,' zei ze, duidelijk articulerend.

'O ja, jaaa, zo'n Folkboot. Heel gedoe. Die gaat ze dus eerst nog zelf halen, helemaal in Noorwegen, en dan gaat ze varen. Ja, dat was het. Zuid-Amerika, geloof ik. Ken je dat?'

Op dat moment was het Floor voor het eerst opgevallen dat ze wallen had. Kijk lang genoeg in een spiegel en je gaat er vanzelf uitzien als een vage bekende, alsof je jezelf na jaren weer ontmoet, maar altijd vielen haar dezelfde dingen op. Haar oren zaten laag ten opzichte van haar ogen, haar ene oog zat hoger dan het andere en het midden van haar gebit zat niet in het midden van haar mond. Je moest het weten om het te zien, maar die wallen, daar kon je niet omheen. Het was alsof ze daar ter plekke voor de spiegel uit haar ogen naar beneden zakten, daarvoor had ze ze nooit gezien.

'Je moet dus alles zelf doen op zo'n boot, hè? Kompasje, rantsoentje. Ik zou het niet kunnen, hoor.'

'Ik ook niet,' zei Floor.

'Ik ook niet,' zei Joke.

Je kunt geen kant op in zo'n stoel, met een kapmantel om je nek en een spiegel voor je neus.

Floor draaide zich op haar rug en dacht aan de visagiste. Ze was al weken onderweg, ze zou nu al ergens op open zee drijven. Het was nog steeds lastig voor te stellen. Marloes had haar nooit het idee gegeven dat haar leven meer was dan visagie, maar misschien lag dat ook wel aan Floor zelf, eigenlijk wist ze niets over Marloes, dat vond ze pas jammer nu ze weg was.

Ze hadden zeven seizoenen lang gesprekken met elkaar gevoerd via de spiegel. Allebei in hun rol. Ze wist niet precies wat Marloes allemaal achtergelaten had om in haar eentje de wereld over te zeilen. De gedachte alleen al beangstigde Floor, een soort hoogtevrees. Alleen op een bootje zonder land in zicht, met onder je die blauwe diepte waarvan je niet weet wat er allemaal doorheen zwemt. Ze kon het water al horen, de oceaan die zachtjes tegen de romp van haar boot klopte terwijl ze wachtte op wind. Het was de ademhaling van Mark, ontspannen en tergend.

De visagiste was uit haar verhaal gestapt en een andere kant op gegaan, zonder te weten waar dat haar precies zou brengen. Van die daadkracht kon Floor alleen maar dromen. Ze had zich al zo vaak voorgenomen om de serie te verlaten, maar ze deed het nooit écht, ze fantaseerde er alleen over als ze 's nachts wakker lag. Zo bezien waren het niet eens dromen.

Hoe weet je zeker of iemand gelijk heeft als hij zegt dat het een unieke kans is om de hoofdrol in een soap te spelen? Als je zelf niets voelt, geen sprongetje in je hart, is de kans dan wel echt uniek? Wat als je nou net het soort mens bent dat nooit iets voelt als ze een unieke kans krijgt? Moet je dan vertrouwen op het oordeel van anderen? Als je jarenlang aanmoddert in het theater zonder daar echt gelukkig van te worden, waarom zou je dan niet gewoon eens wat anders proberen? Succesvolle mensen volgden hun verstand, zij benaderden hun carrière rationeel en pasten hun gevoel daarop aan.

Ze was overgehaald door Breen, de schrijver en regisseur van de serie die zelf ook een achtergrond had in het theater. Hij was een handige jongen met een grote mond, eigenlijk net te slim voor de televisiewereld. Hij had haar in het theater gezien, een voorstelling waarin ze naar haar eigen idee helemaal niet tot haar recht gekomen was, en hij had erop gestaan dat zij de hoofdrol zou spelen. Zonder zijn aanhoudende loftuitingen en herhaalde verzoeken had ze het nooit overwogen.

Breen ging altijd sneller praten als hij het over de serie had. Het was een soap over een soap, de hoofdrol was de hoofdrolspeelster die verveeld was geraakt, hogerop wilde en daarom de serie wilde verlaten. De soap was waarschijnlijk nooit gemaakt als het niet een remake was van een succesvolle Amerikaanse televisieserie, die op haar beurt weer een remake was van een succesvolle Turkse soap. Floor had die series niet bekeken, maar ze had het idee interessant gevonden, het leek haar nog wel het type verhaal waarmee ze kon aankomen bij haar theatercollega's. Het was vervreemdend, het was ‘meta’, en ze dacht dat ze ook wel iets van zichzelf kwijt zou kunnen in haar rol.

Zij moest het zijn, benadrukte Breen steeds. De naam van de serie was een knipoog naar het origineel. De titel van de serie was *Vloer* en dat was in het Engels natuurlijk *Floor*, daarom zou haar rol ook die naam hebben. Hij had het die eerste keer zo snel en met zoveel overtuiging gezegd dat ze dat gewoon maar had aangenomen, maar als ze er langer over nadacht kwam ze er steeds weer achter dat er niets van die redenering klopte.

Als ze er zo ’s nachts over nadacht wist ze niet meer precies wanneer ze voor het eerst met tegenzin naar de studio gegaan was. Ze kon er maar geen overzicht van krijgen. Hoewel ze in haar bed lag kon het voelen alsof ze er middenin zat, alsof ze het allemaal opnieuw meemaakte.

In het begin had er nog iets in de lucht gehangen, het gevoel dat ze iets unieks aan het maken waren, zoals de Turkse en de Amerikaanse serie. De critici zagen het ook, of ze schreven het in ieder geval op. Kranten noemden het ‘fris’. Zij was het middelpunt en dat maakte dat mensen haar gingen herkennen op straat, dat kinderen Instagramaccounts maakten met alleen maar foto’s van haar, dat magazines haar wilden interviewen over haar favoriete koffietentje in de stad. Die bekendheid was niet iets waar ze van gedroomd had, het stond haar ook niet bijzonder tegen, het wende zoals een milde hoofdpijn dat ook doet. Ze wilde niet iemand zijn die klaagde over roem, het was gewoon een van haar ergernissen en ze was ook weer niet zó bekend. Maar er waren momenten dat ze dacht dat ze het misschien toch had onderschat. In het theater is het gewoon klaar als de gordijnen dichtgaan en je de coulissen in loopt. Op televisie stopt het nooit. De kijkers zien niet dat je op een toneel staat, ze denken dat je in hun huiskamer staat.

Ze was ook steeds meer op haar rol gaan lijken, bedacht Floor terwijl ze naar het plafond staarde. De ironie was dat het haar daardoor juist steeds slechter lukte om die rol te spelen. Ze wilde de serie verlaten, maar omdat die daar juist over ging was iedereen ervan overtuigd dat ze zich wel heel sterk inleefde in haar rol. De waarheid was dat ze begon te vermoeden dat Breen wel wist hoe hij een serie moest beginnen, maar dat hij geen idee had hoe hij die tot een goed einde zou moeten brengen. Na het succesvolle begin was direct een deal gesloten voor volgende seizoenen, maar het werd haar steeds duidelijker dat het verhaal zich niet werkelijk ontwikkelde, dat het allemaal nergens naartoe ging. De serie begon in herhaling te vallen, kijkers verloren hun interesse. Er werden maatregelen genomen, nieuwe leader, nieuwe cast, maar niemand leek te bedenken dat de serie misschien al lang afgelopen had moeten zijn.

01:05

Mark had gelijk, ze kon niet zomaar midden in een seizoen vertrekken, maar ze had het al vaker ter sprake willen brengen. Voorafgaand aan het nieuwe seizoen, bij de eerste lezing van de nieuwe teksten, had ze geprobeerd het aan Breen te vertellen. Hij had eruitgezien alsof hij net wakker geworden was uit een nachtmerrie, verwilderd en bezweet. Ze had het gesprek al zo vaak herhaald in haar hoofd, maar ze wist niet wat ze anders had moeten zeggen.

'Wist jij dat Marloes kon zeilen?'

'Floor! Sorry, wie?'

'Marloes. Visagie. Blond. Zachte g.'

'Poeh, nee, geen idee. Zeilen?'

'Ja, in haar eentje. Op een Noorse boot of zo.'

'Klinkt gevaarlijk.'

'Ze heeft me nooit verteld dat ze erover dacht om weg te gaan. Dat is toch gek?'

Breen leek niet bijzonder geïnteresseerd. Hij keek naar de vloer en knikte naar de stapel papier in haar hand.

'Heb je al wat gelezen?'

'Een beetje,' zei Floor. Dat was niet waar, maar het was wel goed dat hij erover begon.

'Prima, ik moet er nog een beetje aan schaven, hoor, dus...'

'Heb jij nooit het gevoel dat er niet echt vooruitgang in de serie zit?'

'Jezus, Floor. Moet dat zo bot?'

'Het ligt ook aan mij natuurlijk, maar ik heb soms het idee dat mijn rol nog iets nodig heeft, een soort ontwikkeling.'

Breen had haar onderzoekend aangekeken. Als hij

zijn mond hield werd het spannend, uit zijn blik kon je nooit precies opmaken wat er in hem omging. Ze had ook op dat moment zelf nog getwijfeld of ze wel moest zeggen wat ze ging zeggen.

'Ik dacht dat je me misschien uit de serie zou kunnen schrijven.'

'Wat?' Zijn kaakspieren spanden zich aan, zijn neusvleugels gingen omhoog.

'Het moet toch ergens naartoe, het verhaal? Kun je mij niet laten zeilen of zo?'

Hij had haar ernstig aangekeken en was met zijn handen over de stoppels op zijn kin gegaan om vervolgens heel hard te gaan lachen. Een overdreven lach die waarschijnlijk ook moest overbrengen dat ze niet zulke belachelijke dingen moest zeggen.

'Ik meen het,' had ze nog een paar keer gezegd, tot Breen even plotseling weer was gestopt met lachen.

'Nee, natuurlijk meen je het,' zei hij terwijl hij haar diep in de ogen keek. Hij had niets meer gezegd, maar alleen al die blik was een dreigement. Breen was bevlogen in zijn werk, maar hij had ook altijd iets onvoorspelbaars, je wist nooit precies wanneer hij zou ontploffen. Ze had een stap achteruit gedaan en haar mond gehouden.

Ze had zijn ogen voelen priemen toen ze met de rest van de cast voor het eerst de nieuwe teksten las en zag dat ze opnieuw een seizoen lang geen steek verder zou komen. Ze had gehoopt dat hij niet zag dat ze geen woord van wat ze zei geloofde.

Natuurlijk maakte het niets uit als ze nu al uit bed stapte, maar ze moest van zichzelf blijven liggen tot de wekker ging. Ze begreep ook zelf de ironie wel, dat ze een wekker had gezet om te voorkomen dat ze door haar afspraak met de Slaapcoach heen zou slapen.

Nog op diezelfde avond, na die ruzie met Mark, had ze een afspraak gemaakt voor een intake. De Slaapcoach had een gelikte website en met een paar kliks was het geregeld. Het was zo makkelijk gegaan dat ze niet eens de tijd had gehad om van gedachten te veranderen. Nu was ze alweer zeven afspraken verder en ze was nog steeds niet gestopt, terwijl ze niet wist of de behandeling nou echt verschil maakte. Ze lag nog steeds wakker. Maar de Slaapcoach was minder zweverig geweest dan ze had verwacht en door vrijwel wekelijks naar zijn praktijk te gaan had ze tenminste nog het idee dat ze iets aan haar situatie probeerde te doen.

De Slaapcoach zei ook dat ze pas een verschil zou merken als ze toekwamen aan de praktijk. Tot nu toe waren alle afspraken overdag geweest, maar daarin hadden ze volgens hem alleen de theorie van het slapen behandeld. Nu was het tijd voor de praktijk. En slapen, dat doen we nu eenmaal 's nachts. Daar had ze weinig tegen in te brengen.

Bovendien, had hij eraan toegevoegd, was het voordelig om de afspraak te maken in de nacht van zaterdag op zondag, deze nacht. ‘Dan gaat de wintertijd in, dan heeft de dag vijfentwintig uren. Financieel gezien is het handig om af te spreken als de klok wordt teruggezet, je ligt twee uur in bed en je betaalt maar voor één. Maar dat extra uurtje heeft ook andere voordelen.’

12

Ines
Slaap je al?
Er ligt hier een man
Hij slaapt geloof ik
Moet ik hem wakker maken
denk je?
Misschien is hij dood
Hij is al wakker

13

'Hallo? Hallo-ho?'

De caféruimte leek zo ontworpen dat al het geluid opsteeg en verdween, maar de inbreker bleef die stem horen. Een gedempt geluid, afgewisseld met een hol geklop, alsof er iemand ingemetseld achter een van de muren zat en een gat probeerde te maken waar hij doorheen zou kunnen kruipen. Soms bleef het minutenlang stil, maar dan was hij er weer, en de inbreker kon zich niet aan de indruk onttrekken dat die stem steeds een beetje wanhopiger werd. Het café bleef onverschillig als altijd. Hij had de man nog een paar keer nadrukkelijk gevraagd of hij niet hetzelfde hoorde, maar die schudde zijn hoofd.

'Hallo?'

De inbreker hield het niet langer en stond op.

'Ik ga even plassen,' zei hij tegen de man. 'Ik ben zo terug. Gewoon hier blijven zitten, oké?'

Hij liep langs de bar naar een smalle trap naar het souterrain. De barista haalde een theedoek over koffiekopjes om ze vervolgens in nette rijtjes boven op de espressomachine te zetten. Haar ogen knepen samen tot streepjes toen ze naar hem lachte. De inbreker dacht het iedere keer weer, maar deze lach moest echt zijn.

Hij hoopte dat hij door zich te verplaatsen de stem van zich af zou kunnen schudden, maar hij hoorde hem alleen maar harder toen hij de trap af liep. Wat als dit nou wel denkbeeldig was? Dit was niet het moment om in paniek te raken en door te draaien. Toen hij beneden stond zag hij de klink van de toiletdeur op en neer gaan, maar die bleef dicht. De inbreker hoorde hoe er van de andere kant iemand tegenaan bonkte. Hij hield zijn adem in en toen hoorde hij het weer.

'Hallo?'

'Hallo?' antwoordde de inbreker. Hij wist ook niet wat hij anders moest zeggen. Aan de andere kant bleef het stil. 'Gaat het goed daar?'

'Ik zit vast,' zei een schorre kinderstem. Het kwam er schokkerig uit, waarschijnlijk met een hoop snot.

De inbreker keek naar het slot en zocht in zijn zak naar een muntje waarmee hij het van buitenaf open zou kunnen draaien, maar hij had al het kleingeld al uitgegeven aan shoarma en koffie. Hij voelde even aan het slot.

'Sorry, ik heb geen muntje,' zei hij tegen het kind. 'Weet je wel, om het slot mee open te draaien. Maar misschien helpt het als ik de deur even optil. Dat jij het dan nog een keer probeert, oké?'

Weer geen antwoord, maar het kind probeerde het wel, merkte hij terwijl hij de deur een beetje optilde.

'Het lukt niet!' riep het kind.

'Geen zorgen,' zei de inbreker. 'Ik ga even kijken of ze boven een muntje hebben, oké?'

Pas op de trap naar boven vroeg de inbreker zich af wiens kind dat eigenlijk was, en hoelang het er al zat. Wie nam er nou een kind 's nachts mee naar een koffietent, om het daar vervolgens alleen naar de wc te laten gaan en aan zijn lot over te laten? Hij begreep dat hij opnieuw zomaar de problemen van een ander aan het oplossen was in plaats van die van hemzelf, maar het was te laat, hij had het al beloofd aan het kind.

'Sorry,' zei hij terwijl hij over de bar heen leunde. De barista was de vaatwasser inmiddels aan het inruimen met nieuwe koffiekopjes. Ze keek even over haar schouder. 'Er is een probleempje.'

'Hm?' vroeg ze. Ze ging rustig door met haar werk, leek niet van plan het te onderbreken.

'Ik geloof dat er een kind vastzit op de wc,' zei de inbreker. Net iets te hard, in de hoop dat iemand in het café, als het even kon iemand die de voogdij over het kind had, hem zou horen. Maar hij keek over zijn schouder het café in en dat was niet het geval. Iedereen leek even hard zijn best te doen om niet naar hem te kijken. Hij vond het opeens ook best brutaal van zichzelf en overwoog gewoon maar naar zijn scooter te lopen om te zien of hijzelf iets had waarmee hij de deur open kon krijgen.

Maar de barista had zich al omgedraaid. Ze leek niet verrast door zijn mededeling, ze knikte alleen begripvol. Ze zwaaide de theedoek over haar schouder en haalde met een soepele beweging een schroevendraaier onder de bar vandaan. Hij zag nu wat er op haar T-shirt stond. IF YOU'RE GOING TO BE SUCCESSFUL, YOU GOTTA BE PREPARED TO GIVE UP SLEEP. Hij had de schroevendraaier nog niet aangenomen of ze richtte zich alweer tot de vaatwasser. 'Gewoon even goed doordraaien,' zei ze over haar schouder.

Voordat hij de trap weer af daalde keek de inbreker nog even naar de man. Die leek zich wel te vermaken. Hij haalde zijn vinger door de espressokopjes en stak die vervolgens in zijn mond.

'Ik ben er weer,' zei de inbreker beneden tegen de deur. 'Ze hebben me geen muntje maar een schroevendraaier gegeven. Daarmee moet het ook wel lukken. We gaan het samen doen, oké?' Opnieuw geen antwoord, maar misschien knikte het kind door de deur naar hem.

Bij de eerste poging schoot het slot al open, hij had nog niet eens 'Een, twee, drie' kunnen zeggen. Het bleef zo stil achter de deur dat de inbreker even vreesde dat het toch een denkbeeld was geweest, of dat het kind zichzelf in paniek had doorgespoeld, maar toen hij de deur opende stond het daar, een klein kind, nog veel kleiner dan hij zich had voorgesteld. Bijna onmogelijk klein, met een gezicht rood van het huilen en nat van de tranen. Het kind leek zich volledig murw te hebben gehuild en staarde wezenloos voor zich uit.

'Hee,' zei de inbreker en meteen merkte hij dat hij heel anders begon te praten nu hij zag hoe klein het kind was, veel hoger, veel kinderachtiger. 'Het is gelukt,' zei hij, en hij hoopte op een gezamenlijk hoera of iets dergelijks, maar het kind keek hem niet eens aan. De inbreker trok een aantal doekjes uit de doekjeshouder die hij het kind in zijn handjes duwde. Hij durfde niet zelf het snot uit zijn gezicht te vegen.

'Hier,' zei hij. 'Doe maar even gezichtje schoonmaken.' Waarom praatte hij zo? Dat kind was een kind, dan hoefde hij toch niet zelf ook zo te praten? Hij deed het zelfs voor. Hij nam nog een doekje en haalde het over zijn eigen gezicht.

Het kind leek daar geenszins van onder de indruk, hij keek recht door de inbreker heen met een emotieloze blik en tufte op de grond tussen hen in. Daarna begon hij de doekjes over zijn gezicht te halen. Toen hij zijn gezicht grotendeels schoongeveegd had wierp hij de doekjes in een klein prullenbakje en ging op zijn tenen staan om bij het wastafeltje naast de deur te kunnen. De inbreker wilde nog helpen, maar het kind kon het kraantje net opendraaien. Hij hield zijn handen onder de straal en zwiepte wat water in de richting van de inbreker, een paar keer. Hij wilde er iets van zeggen, maar juist op dat moment hield het kind zijn handen onder een blazer die hem onmiddellijk overstemde.

Hij had eigenlijk ook wel medelijden met het kind. Misschien zat hij al veel langer opgesloten en was hij erg geschrokken, of misschien was hij gewoon niet helemaal in orde. Toen het kind zijn handen gedroogd had en op hem afliep hield de inbreker zijn hand klaar voor een high five, misschien dat zo'n gebaar hem nog kon opvrolijken, maar het kind keek stoïcijns voor zich uit en liep de inbreker straal voorbij.

De inbreker wilde hem nog iets onaardigs naroepen, maar toen hij zich omdraaide zag hij dat er een vrouw achter hem was komen staan. Het kind liep recht op haar af en stak zijn armen omhoog. Ze ging door haar knieën en tilde hem op.

'Hee schat,' zei ze. 'Gaat het? Wat is er gebeurd?' Ondertussen wierp ze de inbreker een argwanende blik toe.

'Hij zat vast op de wc,' zei de inbreker en hij wees naar de wc, alsof ze anders niet zou weten wat hij bedoelde. Het was net een ongemakkelijke afstand voor een gesprek en de blazer loeide nog.

'Ik vroeg het toch aan hem?' zei de vrouw.

'Het slot zat vast, bedoel ik,' zei de inbreker. 'Ik hoorde hem roepen.'

'Wat?'

'Ik hoorde hem roepen.'

Ze fronste. 'Ik hoorde anders niets, hoor,' zei ze. Het was duidelijk dat ze hem niet vertrouwde, maar wat dacht ze dan dat hij aan het doen was? Ze haalde haar telefoon uit haar broekzak en gaf die aan het kind, dat onmiddellijk een app opende en leek te vergeten wat er was gebeurd.

'Hij riep ook niet zo hard,' zei de inbreker, maar hij snapte al niet meer waarom hij zich verontschuldigde. 'Nou ja. Het is gelukkig allemaal goed gekomen, hè?'

Hij probeerde de blik van het kind te vangen, maar de jongen leek hem zo mogelijk nog meer te negeren dan voorheen. Uit de telefoon kwamen geluiden van pistoolschoten. De vrouw rolde met haar ogen en zuchtte. Zonder iets te zeggen draaide ze zich om en liep met het kind in haar armen terug de trap op.

De wc was kletsnat. Het leek erop dat het kind niet alleen vast was komen te zitten, maar dat het hem ook niet gelukt was om in de toiletpot te plassen. Wel op alle randen, de bril, zelfs een beetje op de muur. Hij had ook veel te jong en te klein geleken om alleen te plassen, laat staan staand, maar het kon natuurlijk ook iemand anders voor hem geweest zijn, een dronkenlap. Of het was gewoon zijn reactie op stress, alles onderplassen, misschien werd hij daar rustig van. De wc-borstel lag in een hoek, een paar wc-rollen lagen uitgerold op de grond. De inbreker scheurde er een stuk af en begon de bril droog te vegen.

Dit vertellen ze je niet als je begint met inbreken, dat het ook kan gebeuren dat je zomaar andermans toilet staat schoon te maken. Mensen denken dat inbreken alleen een kwestie is van ergens binnenkomen, ze begrijpen niet dat je vervolgens de rest van de nacht bezig kunt zijn met het zoeken naar een uitweg. Volgens de tweeling was er niet veel meer nodig dan een app, met adressen voor inbraken en berekeningen van de tijd die het zou kosten en de waarde die het zou opleveren. Je accepteerde een voorgesteld adres, brak in, en achteraf gaf je aan wat je precies meegenomen had. Pas als je het eigendom had afgeleverd op de van tevoren afgesproken locatie ontving je de vergoeding. Hoe die vergoeding precies bepaald werd was niet helemaal duidelijk, en ook niet of er zelfs wel een berekening aan voorafging. Het bedrag was vrijwel altijd lager dan je verwachtte, maar volgens de tweeling was het een algoritme dat je toch niet zult begrijpen.

Zijn grootste probleem met de app was ook niet het bedrag, het was dat degene die het gemaakt had niet leek te begrijpen wat er precies gebeurde tijdens een inbraak. De app ging alleen maar over het begin en het einde, het accepteren van een adres en het afleveren van het eigendom. Er werd helemaal geen rekening gehouden met de tijd daartussenin, waarin alles kon gebeuren.

Hij had gedachteloos zijn telefoon uit zijn broekzak gehaald toen hij eenmaal op de droge wc-bril zat. Het plassen luchtte op. Uit gewoonte scrolde hij door de berichten in de app, die ook fungeerde als het communicatiekanaal met de tweeling. Hij kreeg updates over zijn vorderingen, ontving iedere maand een eindrapport. De berichten waren altijd formeel en afstandelijk, ze moesten waarschijnlijk het idee geven dat het de app was die sprak, niet de tweeling, maar de formuleringen waren nooit hetzelfde en soms werden ze opeens persoonlijk, waardoor de inbreker wel wist dat het eigenlijk een van hen was die zich voordeed als een geautomatiseerd bericht.

UPDATE:
Uit een analyse van u
gegevens is gebleken dat
u deze maand 20% minder
hebt omgezet
Let op: te weinig !

In het begin had hij dat nog grappig gevonden. Ze maakten er een spel van. Je kon bonussen krijgen als je meerdere nachten op rij inbrak, dat noemden ze dan een *streak*. Je kreeg een hoger percentage van de opbrengst als je de inbraak sneller voltooide dan de vooraf berekende tijd, maar dat was hem nog nooit gelukt. Hij wist nooit zeker of dat nou aan hem lag of dat de inschattingen structureel te laag waren. Daarom liet hij de berichten uiteindelijk maar gewoon langs zich heen gaan, met de gedachte dat het allemaal niet echt zou uitmaken zolang hij regelmatig inbrak. Hij was praktisch gezien ook niet hun werknemer, zo had de tweeling die eerste dag in de container benadrukt. Hij was zijn eigen baas, hij maakte alleen gebruik van hun service.

UPDATE:
U aantal inbraken deze
maand is lager dan het
gemiddelde. Dit zal worden
ingehouden op u vergoe-
ding !

Hij had altijd het gevoel dat ze de regels ter plekke verzonnen, maar hij wist ook niet wat er precies in de overeenkomst had gestaan die hij had ondertekend. Hij had het contract niet gelezen en hij wist niet meer waar hij het gelaten had. De inbreker had het idee dat ze hem steeds minder betaalden voor hetzelfde werk, maar bewijs had hij nooit. En als hij wel bewijs had, wat zou hij er dan mee moeten doen?

UPDATE:
Als u niet aan de normen
voldoet kan u licentie voor
het uitwisselen van bezit
worden ingetrokken!

Je kon ook reageren op de berichten, maar die paar keer dat de inbreker dat had geprobeerd was de formele toon van de tweeling gauw verdwenen en liepen de spanningen hoog op.

Het werd pas echt vervelend als je bij een inbraak minder meenam dan de app had berekend. Ze vermoedden dan onmiddellijk dat je iets achterhield en op eigen houtje wat probeerde bij te verdienen in het nog net iets illegalere circuit, terwijl in de praktijk vaak bleek dat waardevolle spullen te groot of te zwaar waren om mee te nemen, dat ze stevig waren bevestigd aan een muur of een plafond, of dat je ze simpelweg niet kon vinden. Ze leken ervan uit te gaan dat mensen wisten dat je zou komen, dat ze hun waardevolle spullen alvast voor je hadden klaargelegd.

Het probleem van dit alles was dat hij de tweeling niet serieus kon nemen, maar dat hij tegelijkertijd wel van ze afhankelijk was. Hij was nu eenmaal een inbreker, als ze zijn licentie introkken wist hij niet wat hij nog zou kunnen doen.

Hij leunde opzij om een stuk papier af te scheuren toen zijn telefoon begon te trillen. Het scherm scheen opeens fel in zijn gezicht.

Tijd voor je wekelijkse
zonlicht!

14

01:07

Ze had de wekker uitgezet en was uit bed gegaan. Ze zou te vroeg zijn als ze nu al ging lopen, maar ze kon niet langer stilliggen. Floor leunde tegen het aanrecht en luisterde naar de waterkoker, die altijd harder suisde in het donker.

Ze liet de lampen uit als ze 's nachts uit bed ging. Haar ogen waren toch al gewend aan het donker en ze wilde Mark niet wekken. Het appartement zag er vreemd uit zonder licht, alsof ze zelf niet thuis was, alsof ze een insluiper was in haar eigen woning. 'Je hebt weer zitten spoken vannacht,' zei Mark altijd als hij 's ochtends in de keuken kwam en zag dat er dingen verplaatst waren, als er een lege mok met een zompig theezakje midden op het aanrecht stond. En zo voelde het ook, als spoken. Er was niemand die haar kon zien.

De waterkoker klikte. Ze goot het hete water in een mok, warme stoom steeg eruit omhoog. Op de verpakking stond een vrolijke tekening van een beertje met een slaapmuts dat in een grote fauteuil in slaap gedommeld was. Een zorgeloze vertoning, een belofte van de fabrikant: drink deze thee zonder theïne en jij zult dit beertje zijn, vredig slapend bij het haardvuur.

Ze warmde haar handen aan de mok en keek uit het keukenraam. Daar was niets te zien, alleen mist, egaal grijs. Op de set hingen er platen met uitzichten en silhouetten van gebouwen achter de kozijnen, of een soort lichtdoorlatend papier waardoor je nog net de schimmen van crewleden die met lampen sjouwden kon zien. De mist zag er precies zo uit, maar ze wilde daar niet te lang over nadenken.

De Slaapcoach had een praktijk aan huis. Hij woonde in een rijker gedeelte van de stad waar Floor eerder nooit iets te zoeken had gehad, in een brede straat met oude bomen die er schuin overheen hingen, alsof ze ooit wel begonnen waren met omvallen maar zich op een dag hadden bedacht. Het was een vrijstaand pand met een grote, goed onderhouden tuin eromheen, al kon je daar door de strak gesnoeide hagen vanaf de stoep weinig van zien. Ergens tussen die hagen zat een poortje met daarachter een kronkelend grindpad dat leidde naar een voordeur van gelakt hout. Als je over dat pad liep kon je tussen de struiken door glimpen opvangen van marmeren sculpturen. Slaap moest een lucratieve business zijn.

Floor had er een gewoonte van gemaakt om lopend naar haar afspraken met de Slaapcoach te gaan. Door zichzelf te verplaatsen kon ze ook haar gedachten verzetten. Ze zag niet alleen nieuwe delen van de stad, maar ook straten die ze al dacht te kennen kregen pas vorm als ze te voet was. Hoe langzamer ze liep, hoe groter de stad werd.

Onderweg naar de eerste afspraak was ze toch weer gaan twijfelen. Het woord 'slaapcoach' riep direct allerlei associaties op, maar ze had eigenlijk geen idee wat ze precies ging doen. Toen ze er voor het eerst voor de deur stond dacht ze nog dat ze verkeerd was gelopen omdat het een woonhuis was, maar op haar telefoon zag ze dat ze echt daar moest zijn. Toch had ze nog steeds het idee gehad dat ze iets illegaals deed toen ze het poortje openduwde en het grindpad op liep. Ze kon niet zien wat er in het huis gebeurde, voor alle ramen hingen witte, lichtdoorlatende gordijnen, maar ze had het gevoel dat daarachter iemand haar bespiedde. Heel even leek het haar weer een slecht idee, zomaar op bezoek gaan bij een vreemdeling met een vage expertise, maar toen had ze naast de voordeur een bordje zien hangen. DE SLAAPCOACH stond erop, met ernaast een schematische tekening van een mannetje dat in bed lag, of eigenlijk erboven leek te zweven. RUSTIG AANBELLEN stond op een bordje eronder, maar op het eerste gezicht was er helemaal geen bel te vinden.

Uiteindelijk bleek ze aan een gietijzeren knop te moeten trekken, in de vorm van een mensenhoofd met twee vleugels aan weerskanten. Eerst had de knop heel zwaar en stroef geleken, maar het mechanisme had plotseling meegegeven en een bel aan de andere kant van de deur wild door de gang laten galmen. Ze had een stap achteruit gedaan, alsof ze dan nog kon ontkennen dat zij het was geweest, en het duurde nog lang tot de deur openging, op een kier.

Door de kier keek een oudere kleine vrouw haar met dichtgeknepen ogen aan, tussen verwarring en woede in, alsof ze net gewekt was uit een diepe slaap.

'Kun je niet lezen?' had de vrouw gezegd met een schorre stem.

'Jawel...' aarzelde Floor. Ze keek nog eens naar het bordje, om te zien of het er nog wel hing. 'Ik kom voor de Slaapcoach.'

De vrouw had niets meer gezegd, maar ze zuchtte demonstratief. Ze knikte met haar hoofd naar Floor als teken dat ze haar moest volgen. Toen de vrouw de deur verder opende kon Floor zien dat ze een oude nachtjapon droeg, en sloffen aan haar voeten.

Ze volgde haar door een ruime, donkere gang met visgraatparket. Tegen de muur liep een sierlijke trap omhoog met een fluwelen loper in een onnavolgbaar motief. Het was Floor gaan duizelen toen ze de trap op liepen. Het huis was intimiderend groot, met zoveel deuren dat ze niet kon raden wat er allemaal achter zat. Aan de muur hingen oude donkere schilderijen in goudkleurige sierlijsten, ertussen prijkten kandelaars met brandende kaarsen. Van dichterbij kon ze zien dat het kaarsen van kunststof waren, met flakkerende ledlampjes. Op de overloop was de vrouw blijven staan en had ze een deur geopend. Ze keek Floor niet aan, ze staarde naar de vloer en zuchtte diep. Floor had nog even geaarzeld voor ze binnenstapte, toen ze dat eenmaal had gedaan werd de deur achter haar hard dichtgeduwd.

De kamer was ruim en leeg, op een groot bed na, dat midden in de kamer stond als een sculptuur in een museum: alsof het alleen bekeken mocht worden, alleen diende als aanzet om na te denken over het concept slapen, niet om het ook daadwerkelijk te doen. De kamer had geen ramen en de muren waren grotendeels leeg. Achter het bed hing een breed schilderij van een man, een zwerver of reiziger die onder een kale boom lag te slapen, met boven hem, tegen de donkere nachtlucht, een lichtgevend engelachtig wezen. Dat strekte zijn hand uit naar de man en leek iets over hem uit te strooien, bloemblaadjes of glinsterend zand. Het was geen realistische schildering, de gezichten leken plat en er klopte weinig van het perspectief. Waarschijnlijk was het oud, het moest in ieder geval die suggestie wekken. Ze had het wat voorspelbaar gevonden, een schilderij van een slapende man in de praktijk van een slaapcoach.

Iemand had haar naam gezegd en pas toen was het haar opgevallen dat er ook een klein zijvertrek was. Tussen twee schuifdeuren met glas in lood had een man gestaan die ze herkende van de website. Hij was klein, helemaal kaal en er balanceerde een montuurloos brilletje op zijn neus. ‘Dat bed komt later wel,’ had hij gezegd op een zachte, dwingende toon die ook iets griezeligs had gehad. Met een klein gebaar had hij haar gemaand naar het zijvertrek te komen.

01:08

De wekker ging af. Ik zou toch zweren dat ik hem had uitgezet, dacht Floor terwijl ze zocht naar het knopje om het alarm te stoppen. Misschien had ze per ongeluk op de snoozeknop gedrukt. Het geluid trok door haar rug.

'Ligt je telefoon op je nachtkastje?' had de Slaapcoach gevraagd tijdens die eerste afspraak. Hij vulde een intakeformulier in. 'Slaap je op je rug? Drink je veel koffie?' Hoelang zou dit nog doorgaan, had zij zich afgevraagd. Hoe laat ze naar bed ging? Als ze moe was. Of ze een bedpartner had? Eén. Hoeveel dekbedden ze had? Twee. Hoe groot haar bed was? Gewoon. Wat voor matras? Gewoon. Sliep ze met de ramen open of dicht? Op de kiepstand meestal. Gordijnen? Gewoon. Verduisterend? Een beetje. Of ze weleens droomde dat ze iemand vermoordde? Wat? Of ze op haar buik sliep of op haar rug? Op haar linker- of rechterzij, ze had niet echt een voorkeur. Of ze televisie keek voor het slapengaan? Ze had geen televisie. Of ze weleens at na tienen? Alleen als ze gedronken had. Of ze veel dronk? Ach, wat is veel? Of ze weleens geestverruimende drugs had gebruikt en toen toegang had gekregen tot de diepere waarheid van het leven? Nee. Of ze weleens last had van slaapverlamming, dat er dan een demon haar slaapkamer binnenkwam die haar ging wurgen en dat er dan niks was wat ze daartegen kon doen? Nee. Of ze weleens dacht dat ze een stressvol leven had? Ach, ja, natuurlijk. Maar wie dacht dat niet?

Het was wel zo ongeveer wat ze had verwacht van een slaapcoach. Het soort halve kennis waarover Roosmarijn Instagramstory's volpraatte, die Floor nog bekeek ook, al was het maar om er lekker boos om te worden. Roos wilde bijvoorbeeld meer *in sync* met het daglicht leven, daarom had ze van de ene op de andere dag alle lampen uit haar huis gehaald en deed ze met zonsondergang ook alle schermen uit. Toen voelde ze zich, ja, gewoon veel meer *in touch* met de draaiing van de aarde of zo. In ieder geval voor een week, want daarna had ze opeens weer lampen in haar huis. De Slaapcoach deed verder ook te veel zijn best om heel professioneel over te komen, dacht ze terwijl ze hem bekeek. Zoals hij zijn mond tuitte terwijl hij op het papier krabbelde met een luxe balpen, zoals hij steeds even begrijpend knikte alsof hij al een voorlopige diagnose stelde. Als hij toch eens wist dat hij een actrice tegenover zich had, dacht Floor. Het was haar werk om te doen alsof, ze zag het meteen als iemand anders het deed.

Maar toch had hij ergens tijdens die eerste afspraak haar aandacht weten te prikkelen. Hij was opeens gestopt met vragen, hij had het formulier half ingevuld op een glazen tafeltje naast zijn stoel gelegd en comfortabel achterovergeleund in zijn stoel. 'Ik ken mensen zoals jij,' zei hij en ze had zich betrapt gevoeld. 'Jij vindt dit allemaal onzin. En om eerlijk te zijn, Floor, ik vind hetzelfde.'

Hij klikte zijn pen dicht en liet zijn vingers tegen

elkaar veren, alsof hij nu even vrij aan het associëren was, maar Floor kon de gedachte dat hij dit al vaker op exact dezelfde manier had verteld niet van zich afzetten. 'Ik ga er niet omheen draaien. De meeste mensen die bij mij aankloppen voor hulp zijn idioten,' zei hij. 'Eerlijk gezegd geloof ik niet dat zij een slaapprobleem hebben. Zij *zijn* het probleem.'

Ze had niet geweten of die bekentenis hem nou juist een betere of een slechtere slaapcoach maakte, maar die woorden hadden ergens in haar een snaar geraakt.

'Die mensen slapen in *smartpyjama's*, heb je daar weleens van gehoord? Bestaat echt. Slaapbrillen, matrassen die zich naar je lichaam vormen. Verzin je niet. Ze gebruiken apps om hun slaapcyclus te meten, ze laten hun wekkers data verzamelen en opnemen wat ze zeggen in hun slaap. Zij denken dat hun slaapprobleem komt doordat ze te weinig controle hebben. Ze denken dat ze, als ze hun slaap maar kunnen optimaliseren, beter kunnen slapen. Maar dat woord alleen al. *Beter slapen*, wat betekent dat überhaupt? Hoe goed moet je slaap precies zijn? Ik denk dat juist die gedachte het probleem is. De enige manier om "beter" te gaan slapen is accepteren dat je er helemaal geen controle over hebt, dat je de teugels laat vieren. Maar denk je dat ze dat van mij willen horen? Nee, hoor. Daar betalen ze mij geen grof geld voor. Zij willen niet echt anders over zichzelf gaan nadenken, zij willen een wondermiddel. En dan zijn ze ook nog eens volledig vrijwillig bereid te geloven dat ik dat ben. Maar bij jou heb ik een ander gevoel, Floor. Jouw aura heeft een sceptische kleur. Zeg het maar, heb ik gelijk?'

Ze moest zijn woorden op dat moment nog laten bezinken en ze had niet het gevoel dat ze het allemaal begreep, of dat ze hem geloofde. De Slaapcoach had genoeg verteld om haar interesse te wekken, en weinig genoeg om die interesse vast te houden. Die ene zin bleef hangen: zij had geen probleem, de anderen waren het probleem. Ze had gezegd dat hij gelijk had.

'Mooi,' zei de Slaapcoach tevreden en hij had het formulier van het tafeltje gepakt, in kleine snippers gescheurd en in de lucht gegooid. 'Dan gaan we nu ons gebrek aan controle accepteren.'

De thee was inmiddels voldoende afgekoeld. Floor leunde tegen de deurpost van de slaapkamer en keek naar Mark, hij die altijd door alles heen sliep, onaangedaan door die eindeloze stroom gedachten die door haar hoofd ging. Hij lag op zijn zij, met zijn rug naar haar toe. Er waren momenten dat ze de drang moest weerstaan om iets naar hem te gooien, maar nu ontroerde het haar opeens dat ze zijn ademhaling kon zien. Niet dat dat hem kwetsbaar maakte, maar hij was zo onverwoestbaar zichzelf, zonder een greintje twijfel.

Mensen leven in twee verschillende werelden, had de Slaapcoach gezegd. Hij had een boek gepakt uit een van de kasten tegen de muur en er theatraal het stof vanaf geblazen. Overdag leven ze in een wereld die ze delen met alle andere mensen die wakker zijn, maar 's nachts als ze slapen leeft ieder in zijn eigen wereld, met eigen waarheden en eigen belevenissen. Als ze wakker worden stellen ze vast dat het allemaal een zinsbegoocheling moet zijn geweest, omdat niemand weet waarover ze het hebben, omdat iedereen iets anders heeft meegemaakt. 'Heraclitus,' zei hij terwijl hij op de kaft tikte. '500 voor Christus.' Hij had gekeken alsof hij er zelf opnieuw van onder de indruk was hoe lang geleden dat was.

'Wat mij intrigeert,' was hij verdergegaan, 'is dat we die gedeelde wereld steeds boven onze eigen wereld plaatsen. Dat noemen we "de waarheid", terwijl ik geloof dat die eigen wereld ons veel meer leert over wie we zijn. "Onze hele geschiedenis is de geschiedenis van mensen die wakker zijn." Georg Christoph Lichtenberg, achttiende eeuw. Dat is dus maar twee derde van de geschiedenis. De conclusie is dat we geen idee hebben van wat zich in die overige een derde heeft afgespeeld. Dat gedeelte waarin we werkelijk onszelf zijn geweest.'

Ze had Mark niet verteld dat ze vannacht naar de Slaapcoach zou gaan. Natuurlijk was het oorspronkelijk allemaal zijn idee geweest, maar ze wist dat hij dit dan opeens weer te raar zou vinden. Het voelde alsof ze hem bedroog door het te verzwijgen, maar ze leefden in verschillende werelden. Zij lag wakker. Hij sliep overal doorheen. Tegen de tijd dat hij wakker werd zou ze toch weer in bed liggen.

Ze moest iets wegslikken toen ze de mok terug op het aanrecht zette, haar jas aantrok en zo stil mogelijk door het trappenhuis afdaalde. Beneden was dat gevoel echter alweer verdwenen en toen ze naar buiten stapte was het alsof ze het nooit had gevoeld.

[Spannende muziek]

Het was koeler dan ze zich had voorgesteld. Ze ritste haar jas dicht en trok de kraag over haar kin terwijl ze de straat uit liep. Statistisch gezien was het onwaarschijnlijk dat ze de enige was die nu wakker was. Volgens de Slaapcoach had zeker één op de vijf mensen weleens last van slaapproblemen, maar als hij daar al gelijk in had, dan woonden die mensen niet bij haar in de buurt. De straat was leeg en de ramen van de huizen waren holle vlakken. Geen nachtlampjes op de bovenverdiepingen die wezen op lotgenoten. Geen snorrende scooters in de verte of het getoeter van een ongeduldige taxi. De mist had ook iets met het geluid gedaan, zo leek het, ze hoorde alleen haar eigen voetstappen, dof op de stoep.

De soap had vrijwel nooit scènes in de buitenlucht. Dat was te duur en te onvoorspelbaar en alleen voor speciale gelegenheden zoals de laatste aflevering van het seizoen werden er weleens buitenopnamen gemaakt. Bijna alles speelde zich daardoor binnenskamers af. Als kijker had je misschien nog de illusie dat 'buiten' wel bestond. Acteurs wisten zich namelijk wel van het ene decor naar het andere te verplaatsen en kwamen soms halverwege een scène in een drijfnatte regenjas binnen, maar de waarheid was dat je achter de schermen even onder de douche werd gezet met je regenjas nog aan. De waarheid was dat er niets was achter de muren van de set. Lege ruimte, een zwarte vloer. Bergen kabels, een tafel met broodjes en een kan koffie, crewleden die snelwandelend en fluisterend tussen de decors door bewogen. Als acteur bestond je eigenlijk niet als je buiten beeld was, er was geen buiten, maar ze probeerde zich toch altijd voor te stellen wat haar personage precies deed tussen de scènes door, als ze niet gefilmd werd. Het hielp haar om *in character* te blijven, dat vond ze makkelijker dan zich iedere keer opnieuw inleven in haar rol. Maar ook dat was moeilijker geworden door haar slaapgebrek. Opnamedagen kunnen lang duren, soms dommelde ze in terwijl ze op een stoel zat te wachten. Dat had ze pas door als een crewlid haar wakker tikte. Minuten later stond ze alweer voor de camera's, met de slaap nog in haar ogen, verwoed gravend naar haar tekst.

Over de route naar de Slaapcoach hoefde ze na zes afspraken niet meer na te denken, maar het donker en de mist maakten het lastig om de straten te herkennen en toen ze zich eenmaal afvroeg of ze wel goed liep wist ze het niet meer. De straten kwamen haar vagelijk bekend voor, ze leken ook allemaal op elkaar. Dat er behalve haar niemand op straat was maakte het geheel nog onherkenbaarder. Waar waren alle anderen? Het was toch zaterdagnacht? Ze stopte even met lopen, draaide zich om, en nog eens. Vooruit, achteruit, de straat zag er beide kanten op hetzelfde uit en het asfalt verdween al enkele meters verderop in de mist. Ze begon weer te lopen en versnelde haar pas, haar hartslag versnelde mee en ze vroeg zich af waarom ze het ook alweer een goed idee gevonden had om 's nachts alleen de straat op te gaan. Ze moest straks ook weer terug, daar had ze nog niet eens over nagedacht. Ze zocht in haar broekzak naar haar sleutels.

Haar voetstappen begonnen te echoën. Misschien deden ze dat overdag ook wel en kon je het pas horen als het helemaal stil was. Maar toen ze even inhield en de echo gewoon doorging begreep ze hoe dom die gedachte was. Er liep iemand achter haar. Ze keek een paar keer vluchtig over haar schouder, maar ze kon niet echt iets zien. Ze hield in haar ene broekzak een sleutel tussen haar vingers en in de andere haar telefoon. Hier moest ze links, toch? Of was dat pas de volgende kruising? Nee, hier naar links.

'*Oh my god*, je bent het echt.'

Plotseling hing er een gezicht vlak bij het hare, de adrenaline gierde nog door haar lichaam toen ze zag dat het het gezicht van een meisje van een jaar of achttien was.

'Ik had het serieus net nog over je,' zei het meisje. Ze bleef net iets te dichtbij staan en bekeek haar met twee enorme ogen. Floor voelde dat haar vuisten nog gebald waren. In een reflex had ze willen uithalen, ze bekeek het gezicht en vroeg zich af wat ermee gebeurd was als ze het gedaan had.

'Jij bent Floor, toch?' zei het meisje. Er klonk enige twijfel in haar stem door, misschien werd het tijd dat ze wat zou terugzeggen.

'Wat? Ja, sorry,' zei Floor, alsof ze nu pas wakker werd. 'Ik wilde je meppen.'

'Wat?'

'Sorry, ik bedoel, ik schrok me rot.'

'Oh my god,' herhaalde het meisje. 'Ik had gewoon *really* niet verwacht dat ik je ooit *in real life* zou zien.'

'O, nou,' zei Floor terwijl ze met haar handen zwaaide, tada. 'Ik ben het echt.' Gevolgd door een lach die nog veel te zenuwachtig klonk, dat hoorde ze zelf ook.

Het meisje reageerde er niet echt op. Ze had haar telefoon uit haar broekzak gehaald, ging naast Floor staan en begon selfies te maken van hen beiden. Onaangekondigd, Floor probeerde te glimlachen maar ze voelde dat haar gezicht nog in een ongemakkelijke kramp zat.

'Hoe heet je?' vroeg Floor. Iets om de aandacht te verleggen.

'Mei,' zei het meisje beleefd, maar zonder op te kijken van haar telefoon.

'Zoals de maand?' zei Floor.

'Ja,' zei Mei. 'Zoals de maand.'

'Mei, ik ben natuurlijk je moeder niet, maar wat doe je 's nachts alleen op straat?'

'O, maar ik ben niet alleen, hoor,' zei ze en ze gebaarde kort naar de leegte achter haar. 'Mijn vrienden staan daar.'

En inderdaad, daar stonden opeens een paar vrienden in de mist. Twee jongens leunden tegen een muur, ze deelden een sigaret met een meisje dat voor hen stond en op haar telefoon keek. Het licht maakte haar gezicht blauw.

'Zij vinden je serie helemaal kut trouwens,' zei Mei. En na een net iets te lange stilte: 'Maar ik vind het wel echt... Hoe zeg je dat? Een kritiek op identiteit in de neoliberale wereld, hoe we steeds meer een beeld van onszelf creëren en dat op een gegeven moment niet meer kunnen verenigen met ons fluïde zelf daarachter. *Anyway*, mijn vrienden snappen dat ook wel maar ze vinden het nog steeds kut. Ik vind het wel echt... *inspiring* of zo.'

Dat was ook voor het eerst dat iemand dat zei. Inspiring. Ze wilde vragen wat dat inhield, maar het meisje duwde zonder iets te zeggen haar telefoon onder haar neus. 'Mag ik wat vragen?' vroeg ze. 'Is dit echt?'

Floor keek naar de foto waar ze zelf op stond. Ze had het goed aangevoeld, ze stond er niet goed op. Het ongemak was van haar gezicht af te lezen.

'Wat bedoel je?' vroeg ze.

Het meisje wees naar de wallen onder haar ogen. Ze leken groter en dieper, misschien omdat ze had ingezoomd. 'Dit. Is dit echt? Of is het nog make-up van de opnamen?'

'O,' zei Floor. Ze slikte. 'Nee. Nee, dat is wel echt, ja.'

Het meisje leek niet bijzonder verrast of tevreden met het antwoord. Ze keek nog even naar de foto, nog even naar Floor, en deelde toen mee dat ze terug moest naar haar vrienden. 'Kun je me volgen op Insta?' Ze riep een gebruikersnaam die Floor ontging.

Voor haar gevoel had Floor nooit echt deel uitgemaakt van de ontmoeting. Toen ze om zich heen keek om te zien waar ze was zag ze dat ze toch de verkeerde straat was in gelopen.

15

UPDATE:

Volgens het systeem bent u vannacht niet komen opdagen op u dienst. Afwezigheid zonder bericht blijft niet zonder consequenties. Als het berust op een misverstand geeft het dan zsm aan.

Ik was ziek

Ziekte dient van tevoren te worden aangegeven.

Hoe moet ik van tevoren nou weten dat ik ziek ga worden?

Prima als je geen zin hebt om te werken maar dan trekken we die licentie ook weer in.

Ik zei toch dat ik ziek was

Wat heb je dan?

Terug in het café zag hij als eerste het kind aan tafel zitten met zijn moeder. Het kind staarde naar de telefoon die voor hem op tafel lag en lepelde zorgvuldig slagroom uit een grote beker chocolademelk. De inbreker legde de schroevendraaier terug op de bar en wilde net iets tegen de barista zeggen toen hij zag dat de man niet meer aan het tafeltje zat waar hij had moeten zitten. Hij keek nog een paar keer rond om te zien of de man niet gewoon ergens anders was gaan zitten om zich ongevraagd in een gesprek te mengen, of hij niet bij de leestafel stond of de mand met het speelgoed had gevonden.

'Je vriend is al weg,' zei de barista. 'Ik dacht dat jij ook al weg was.'

Hoe kan dat nou, dacht de inbreker. Ik heb hier toch een paar minuten geleden nog die schroevendraaier van je geleend? Maar hij knikte alleen en liep haastig naar buiten. Hoe kon hij ooit inbreken als hij het steeds zo druk had met achter de feiten aan lopen? Hij wilde iets roepen, maar wat moest hij roepen? 'Man?' Vanaf het moment dat hij diens voordeur had ingetrapt was hij alleen maar verder van huis geraakt, nu liep de man ergens alleen door de mist, wie wist waarheen. Net toen hij zich afvroeg of dat wel zo slecht was als hij dacht zag hij dat de man gewoon naast de scooter stond te wachten.

'Waar was je nou?' vroeg de man terwijl de inbreker op hem afliep. 'Ik was al bang dat je zonder mij was vertrokken.'

'Waar was *ik* nou?' riep de inbreker. 'Ik was naar

de wc. Ik zei toch dat je moest blijven zitten.'

De man leek even te graven in zijn geheugen en schudde toen zachtjes met zijn hoofd. 'Je bleef zo lang weg, ik dacht –'

'Er zat een kind vast.'

'Wat?'

'Een kind, op de wc. Die moest ik er eerst nog uit halen voor ik kon gaan.'

'Een kind?'

'Ja, die daar, met die chocomel.' De inbreker wees door het grote raam het café in. Misschien had hij te hard geroepen, want toen hij dat deed keek de moeder hem recht aan. Hij begon meteen zachter te praten, maar met ingehouden woede. 'Hij had alles ondergepist.'

'Schitterend,' zei de man glunderend.

'Schitterend?' De inbreker bukte en probeerde de scooter hardhandig van het slot te halen. Hij moest ergens zijn frustratie kwijt en hij had niet het idee dat het zin had om boos te worden op de man. Die zou niet eens begrijpen dat hij boos was.

'Ja, schitterend dat jij –'

'Snap jij dat? Je laat je kind toch niet 's nachts alleen naar de wc gaan als hij overduidelijk niet in zijn eentje kan plassen? Sowieso, wat *doet* dat kind hier? En dan gaat zíj doen alsof ik hier de rare ben.'

'Ik bedoel dat het schitterend is dat jij die jongen hebt bevrijd. Ik zei het toch. Jij bent geen inbreker maar een *uitbreker*.'

'Hij probeerde op me te tuffen! Die hele bril zat onder de pis!' De inbreker smeet het slot op de grond en keek de man strak aan. Die leek toch te schrikken en deed een stap achteruit.

'Dit is niet schitterend, oké? Alles zat onder de pis. Dat kind had alles ondergeplast en ik heb het opgeruimd. Waarom doe ik dat? Waarom ben ik de hele tijd andermans zooi aan het opruimen terwijl ik mijn eigen zooi niet eens kan opruimen? Jij denkt dat het allemaal maar schitterend en grappig is. Jij denkt dat dit mooie metaforen zijn, maar dit is gewoon mijn leven en er is niks grappigs aan. Alles zat onder de pis. In plaats van dat ik geld aan het verdienen ben sta ik hier met jou, een oude gek, en ik kan gewoon niet meer bedenken waarom ik die in godsnaam uit zijn bed heb geholpen. Ik had jou daar moeten laten liggen, ja? Dus kan je even je mond houden terwijl ik dit kloteslot open probeer te krijgen?'

Hij raapte het slot op en begon er driftig aan te wrikken, maar zijn handen trilden te veel. Hij durfde niet naar de man te kijken, hij hoefde niet te zien wat hij had aangericht. Hij had meteen alweer spijt. Hij had dat niet moeten zeggen. Hij had nog steeds geen plan. Uiteindelijk zou hij de man toch weer gewoon naar huis moeten brengen, maar misschien konden ze nog een een beetje omrijden.

'Ik heb iets voor je,' zei de man nadat de inbreker een tijdje ongemakkelijk en tevergeefs aan het slot had gewrikt. De inbreker keek op en zag hoe de man een zak van zijn trainingsjack openritste en zijn hand erin stak. 'Ik heb iets gestolen,' glunderde hij. Trots hield hij twee espressokopjes omhoog.

16

Floor schaamde zich omdat ze het adres moest opzoeken op haar telefoon. Een beetje mist en meteen liep ze de verkeerde kant op. Ze hield de telefoon omhoog om hem met haar gezicht te ontgrendelen, maar het scherm bleef donker. Zelfs haar eigen telefoon herkende haar niet meer.

Ze liet haar vingers tevergeefs over het touchscreen gaan. Het kon de kou zijn, dan hield de batterij er weleens uit zichzelf mee op. Ze hield een knop ingedrukt om het systeem te resetten, vaak werkte dat, al was onduidelijk hoe. Ze keek een paar seconden verwachtingsvol naar een zwart scherm en toen opeens sprong het aan.

Binnen in het apparaat ging er iets niet goed. Het had zichzelf teruggezet naar de fabrieksinstellingen, in plaats van haar eigen beginscherm zag ze nu de standaardachtergrond en ze stond minutenlang te wachten tot haar telefoon eindelijk de verbinding met het netwerk herstelde. Kon dat door de mist komen? Had dat effect op het signaal?

02:00

Ze wist dat die tijd niet kon kloppen, toch schrok ze toen ze het zag. Zo lang was ze nog niet buiten, maar ze had wel wat tijd verloren.

Het blauwe bolletje op haar scherm vertelde haar dat ze niet eens zo ver van de route was afgeweken, ze was gewoon bij de verkeerde straat linksaf gegaan. Ze draaide om en hoopte dat de tieners niet zouden zien dat ze de verkeerde kant op was gelopen.

Haar bestemming werd aangegeven door een rode speld, daaronder verscheen opeens het logo van de Slaapcoach, vijf sterren waardering.

Ik ging pas echt lekker slapen toen ik het niet meer probeerde.

Floor bekeek een aantal van de aanbevelingen terwijl ze de weg terugvond. Het was een aparte ervaring. Ze was langzaamaan gaan geloven dat ze de enige was die in de praktijk kwam. Er kwam nooit iemand voor of na haar en welke tijd ze ook aanvinkte op de website, de Slaapcoach was altijd beschikbaar. Toch moesten er ook andere cliënten zijn, in de beoordelingen zag ze opeens van welke groep ze al die tijd al deel had uitgemaakt.

Deze man wordt niet voor niets de moderne Klaas Vaak genoemd! Haha, strooi nog wat van dat toverzand over me heen, als je begrijpt wat ik bedoel ;-)

Ze herkende niet echt iets in de berichten. Niet zozeer vanwege de inhoud, maar meer door de formulering. Het leek alsof die mensen naar een heel andere praktijk gingen dan zij. Het kon natuurlijk ook dat de Slaapcoach niet gelogen had die eerste keer, dat hij haar daadwerkelijk een andere behandeling gaf dan de rest.

Duur maar iedere cent waard! Nu ik beter slaap ben ik van grotere waarde voor mijn werkgever! Dankjewel!

Zelf sliep de Slaapcoach al jaren niet meer, had hij tijdens een van de eerste afspraken uitgelegd. Hij lag nog weleens in bed, maar alleen om zijn spieren rust te gunnen, hij viel niet meer in slaap. Naar eigen zeggen had hij die slaap ook niet meer nodig omdat hij zich op een ander niveau van bewustzijn bevond, dat hij vergeleek met wat mensen voelden als ze mediteerden, maar dan dieper en permanent. Dat bewustzijn was volgens hem eeuwenoud, het had zijn wortels in de tijd van voor de Industriële Revolutie.

Slaapproblemen waren niets nieuws, had hij plechtig gezegd met in zijn handen een boek waarin de geschiedenis van de slaap werd beschreven. Tientallen eeuwenoude dagboeken had de schrijver geanalyseerd om te begrijpen hoe mensen in andere tijden hun slaap ervoeren. De problemen waren vroeger wel van een andere aard dan nu. Mensen sliepen slecht omdat ze tussen hun lawaaiige boerderijdieren in de stal lagen, of omdat er vlooien in hun strooien matrassen huisden. In de winter moesten ze hun ledematen vastbinden omdat die anders per ongeluk onder de dekens vandaan konden glijden en eraf konden vriezen. De slaapproblemen van de stadsbewoners van vroeger waren iets minder praktisch van aard en leken meer op de problemen van nu. Zij vreesden geen vlooien maar emoties. In sommige dagboeken was volgens de Slaapcoach te lezen hoe de schrijvers melancholisch gestemd tijdens *gloomy nights* wakker lagen en bang waren weg te glijden in het eeuwige niets.

De oorzaken daarvan waren deels biologisch bepaald, legde hij uit. Mensen worden van nature met enige regelmaat wakker om na te gaan of ze niet in een gevaarlijke positie liggen, of ze niet per ongeluk stikken onder hun dekbed bijvoorbeeld, of dat ze niet te kwetsbaar zijn omdat ze worden belaagd door roofdieren. Roofdieren slapen daarom doorgaans ook dieper dan hun prooi, ze hebben nu eenmaal minder te vrezen, en dat was volgens de Slaapcoach dan ook de reden dat hij meer vrouwen in zijn praktijk kreeg dan mannen.

Een andere categorie slaapproblemen was maatschappelijk bepaald. De rijken sliepen beter dan de armen. Het slaapt natuurlijk minder goed als je geen dak boven je hoofd hebt, of als je ieder moment van je bed gelicht kan worden omdat je geen verblijfsvergunning hebt, maar voor die mensen bestond de Slaapcoach niet. Zij hadden wel wat beters te doen. Je kunt niet alles oplossen door een nachtje goed slapen, de oplossingen voor hun problemen moesten ze overdag proberen te vinden.

De Slaapcoach was er vooral voor een derde categorie, mensen met 'luxeproblemen'. Dat was zijn markt. Het aandeel was explosief gegroeid, niet alleen bij hem. 'Wat denk je?' had hij retorisch gevraagd. 'Zijn er meer problemen? Of is er alleen maar meer luxe?'

Floor keek op van haar telefoon toen een auto stapvoets naast haar kwam rijden. Ze ging er al van uit dat er een raampje open zou gaan en dat iemand iets naar haar zou roepen, dat ze niet genoeg lachte bijvoorbeeld, of dat ze wallen had, maar de auto bleef naast haar rijden en de geblindeerde ramen bleven dicht. In de reflectie zag ze alleen een licht vervormde versie van zichzelf. De motor ronkte stationair, het klonk als gesnurk, en toen de auto maar naast haar bleef rijden begon ze zich af te vragen of er iets aan de hand was, of de bestuurder misschien in slaap gevallen was op het stuur, maar ze had die gedachte nog niet afgemaakt of de auto trok op, reed door rood. Even verderop zag ze in de mist een paar schaduwen op fietsen over de weg slingeren. Ze leek opeens weer in een drukker gedeelte van de stad te zijn aangekomen, maar dat kon ook gewoon een kwestie van gevoel zijn.

Kijk 's nachts maar eens om je heen op straat, had de Slaapcoach tegen haar gezegd. Overal is licht. Ooit was dat voorbehouden aan de dag, 's nachts moest je het doen met vuur. Door de mist kon Floor niet ver kijken, maar het was niet volledig donker, het licht van de lantaarnpalen gaf de nevel een gele gloed. Dat kwam door de Industriële Revolutie, zei de Slaapcoach. 'We baden inmiddels in kunstmatig licht. Straatlantaarns, reclamevitrines, plasmaschermen, koplampen, telefoons. Dag en nacht schijnt er van alle kanten licht ons hoofd in. Het is naïef te denken dat dat niets met ons doet. Dat licht verstoort onze vibraties, het sijpelt in onze hersenen en verandert fundamenteel wie we zijn. We zijn vergeten wat donker is. Als we het licht veranderen, veranderen we ook onszelf.'

Mensen sliepen vroeger helemaal anders, zei de Slaapcoach. 'Lees maar in die dagboeken. Mensen schrijven over *prima sonno, premier sommeil, concubia nocte*, *dead sleep, first nap,* de eerste slaap. En dan denk je al: daar is iets aan de hand. Maar ze schrijven ook over een twééde slaap. Als je dat leest vraag je je natuurlijk af: waarom twee? Wat maakt de eerste de eerste slaap? Wat maakt de tweede de tweede? Wat zit daartussenin? Wat deelt ze op? Het antwoord daarop is van essentieel belang voor een beter begrip van wat we 's nachts precies doen.'

Het waren twee slapen doordat er een uur tussen zat waarin mensen niet sliepen. Ze werden wakker en bleven dat dan een tijdje. Wat opviel tijdens het onderzoek van die oude dagboeken was dat het niet opviel. Het had niet eens een naam. Iedereen schreef erover alsof het volstrekt normaal was om even een uurtje wakker te zijn, niemand omschreef het als een probleem. Het was zo normaal dat ze het soms niet eens opschreven, je moest echt tussen de regels door lezen om het te ontdekken. Mensen deden van alles tijdens het uur. Ze gingen plassen, roken, bidden, schrijven, soms even op visite bij de buren, die ook gewoon wakker werden iedere nacht. 'Je moet je voorstellen dat het een andere tijd was,' had de Slaapcoach gezegd. 'De levens waren kort, de dagen bestonden volledig uit arbeid en sociale verplichtingen, je had zelden een moment voor jezelf. Maar 's nachts was er dus dat parallelle bestaan, dat uurtje waarin mensen een vrijheid vonden die ze overdag niet hadden. Een uur waarin het nu echt het nu werd, waarin mensen vrij waren van verleden en toekomst, waarin lichtheid over het hart kwam. Zij vonden het juist prettig om 's nachts wakker te worden. Gewoon een uurtje, en dan vielen ze weer in slaap.'

'Al dat blauwe licht,' had de Slaapcoach gezegd, en in de klemtonen klonk afschuw door. 'Het maakt de nachten zwaar. Het rommelt met onze klok, het vervreemdt ons van onszelf. Wij zijn aliens op aarde. Wij zijn gaan denken dat het normaal is om aan één stuk te slapen en opeens is 's nachts wakker worden een *probleem*. We snappen niet meer dat het onze enige uitweg is, dat de nacht de enige plek is waar we vrij zijn van wie we overdag moeten zijn. Nee, we proberen het juist te bestrijden, we metselen onze nooduitgang dicht. We laten ons wijsmaken dat wíj het probleem zijn dat opgelost moet worden en daardoor zien we niet dat de wereld om ons heen juist het probleem is, deze afschuwelijk lichte wereld die ons nooit enige duisternis gunt.'

02:00

Floor sloeg voor de laatste keer af en boven haar doemden de scheef hangende bomen op. De tuin van de praktijk had iets spookachtigs in deze mistige nacht. Het hekje piepte toen ze het openduwde en het grind knerpte harder dan ooit onder haar schoenen. De marmeren buste hing mysterieus in de nevel, het huis zelf zag er nog leger uit dan anders. Er brandde geen licht achter de gordijnen en even voelde het weer volslagen belachelijk dat ze ermee had ingestemd om hier midden in de nacht naartoe te komen zonder te weten wat de Slaapcoach precies met haar zou gaan doen.

Het was mogelijk om terug te keren naar die oude manier van slapen, had hij gezegd met een glinstering in zijn ogen. Hij had gelezen over experimenten waarin mensen werden onttrokken aan al het kunstmatige licht en al na enkele weken waren teruggekeerd naar een slaap in twee fasen. Hij had het ook geprobeerd op zichzelf. Hij had zich dagenlang opgesloten in een volledig lichtdichte ruimte en hij zei dat hij daar een nieuwe wereld had gevonden. Een wereld tussen die twee fasen in, een staat van bewustzijn die slaap overbodig maakte.

'Ik geloof dat jij speciaal bent,' had hij de laatste keer dat ze hier was gezegd. 'Jij hebt veel kracht. Het licht kan jou niet raken. Jij hebt een sterke wil om

’s nachts wakker te worden, maar jij vindt geen vrijheid in het midden omdat het voor jou niet het midden is. Jij slaapt alleen de eerste slaap. Jij wordt wakker, ligt wakker en blijft wakker. We moeten erachter komen waar die andere helft is gebleven. Dan maken we het midden het midden. Er ligt een wereld op jou te wachten, Floor. Ik kan jou leren om vrij te zijn.’

Floor stond op het punt om aan het gietijzeren hoofd te trekken. Als ze eraan dacht kon ze het geluid van de bel al horen. Ze hoopte dat ze geen mensen zou wekken op dit uur van de nacht, het was nu eenmaal onmogelijk om zacht te bellen met dit ding. In deze stilte zouden zelfs de buren ervan wakker schrikken. Maar vlak voor ze het hoofd naar zich toe trok zag ze dat de deur al geopend was, op een kier. Haar ademhaling stokte, ze keek om of ze iemand zag, maar de nevel hing roerloos in de tuin. Met haar voet duwde ze de deur voorzichtig open. Binnen was het donker.

17

Ines
Slaap je al?
Ken je dat gevoel in een droom
Dat je in een vreemd huis bent
Maar dat het voelt als je eigen huis?
Zo voel ik me bij jou

18

Het was geen beslissing geweest om hiernaartoe te komen, het was een gewoonte. Als hij zich slecht voelde ging hij naar de Zon. Hij wist niet eens zeker of het hem hielp, maar het was vergelijkbaar met roken, dat deden mensen vaak ook alleen maar om iets in hun hand te hebben.

'Ik weet eerlijk gezegd niet of ik je zomaar mee naar binnen mag nemen,' zei de inbreker tegen de man, die schoorvoetend achter hem aan kwam. Het waren maar espressokopjes, maar toch was hun verstandhouding veranderd. Hij schaamde zich ook voor zijn woede-uitbarsting, en dat probeerde hij te compenseren door nu net iets aardiger te doen dan hij was. 'We proberen het gewoon maar, als we niks geks doen is er denk ik niks aan de hand.'

De inbreker hield een pasje voor een sensor en de deuren schoven open. De tl-lichten aan het plafond knipperden aan terwijl ze naar binnen stapten, achter hen gleden de deuren automatisch weer dicht. Ze liepen door een kale wachtruimte met een lege balie. De inbreker wist de weg en sloeg een gang in. Aan het einde van de gang duwde hij een deur open, daarachter ging het licht vanzelf branden.

Het was een kleine ruimte die leek op een kleedkamer. Tegen de muur was een houten bankje bevestigd, erboven zaten haken voor het ophangen van kleding. De inbreker trok zijn trainingsjack uit en ging op het bankje zitten om zijn veters los te maken. De man was in de deuropening blijven staan.

'Mag ik iets vragen?' zei hij voorzichtig. De inbreker keek op van zijn veters. De man had al een tijd niets gezegd, hij had zwijgend achter op de scooter gezeten, maar dat besefte de inbreker pas nu hij weer wat zei.

'Waar zijn we?' vroeg de man.

De inbreker was zo opgegaan in zijn gewoontes – veters los, schoenen uit, jack aan de haak – dat hij vergeten was uit te leggen wat ze eigenlijk gingen doen. 'Dit is de Zon,' zei hij.

'Oké,' zei de man, alsof hij aan dat antwoord genoeg had.

'Ik moet hier af en toe heen omdat ik te weinig daglicht zie.'

'Oké,' zei de man en hij deed voorzichtig een paar stappen naar binnen. Hij keek om zich heen met zijn handen op zijn rug, vastbesloten om niets aan te raken. 'Hoe werkt dat dan?'

De inbreker wist nog niet precies hoe hij dat zou moeten uitleggen. Inbreken is nachtwerk. De tweeling had hem verboden overdag te werken — dan waren mensen wakker, dan konden ze je zien — maar ze hadden geen idee wat de gevolgen waren van langdurig werk in de nacht. Zelf werkten ze wel overdag, de updates kwamen tussen elf en vijf, en de rest van de tijd waren ze waarschijnlijk niet eens aan het werk, voor zover je datgene wat ze wel deden werk kon noemen.

Het was gewoon een gegeven, zeiden ze. Iedereen breekt 's nachts in, dus jij ook. Maar al in de eerste weken, toen de adrenaline van het begin alweer afnam, had de inbreker gemerkt dat er in hem iets veranderde. Zijn voeten werden zwaarder. Aan het eind van de nacht liep hij doodmoe de trap op naar zijn kamer, boven viel hij met zijn kleren nog aan in slaap. De nachten waren diep en donker, zonder dromen. Wakker worden was als boven water komen nadat hij net iets te lang onder was gebleven. Hij werd ook steeds later wakker, tegen de tijd dat hij de moed vond om te douchen en naar buiten te gaan voor eten was de zon alweer bezig aan haar laatste stralen. Het ging zo geleidelijk dat hij niet wist of het erger werd, maar hij voelde dat het iets te maken had met de nacht. Het donker trok in zijn lichaam, het sloop steeds iets verder naar binnen en hoopte zich op achter zijn borstkas.

Hij had zijn gevoel geprobeerd te googelen en een site gevonden die hem vertelde dat wat hij had een 'chronische winterdip' heette. Iedere bulletpoint was tot op zekere hoogte op hem van toepassing. Extreme vermoeidheid, veel behoefte aan slaap, prikkelbaarheid, slechtere concentratie, somberheid, minder behoefte aan sociaal contact. Hij had geprobeerd het uit te leggen aan de tweeling, maar zij zeiden dat iedereen zich zo voelde en dat hij de enige was die erover zeurde.

Onder aan de pagina had een knipperende banner zijn aandacht getrokken. Het was een plaatje van een zon met een zonnebril op, er schoof een tekst voorbij.

Neem een abonnement op de Zon.

De website achter de banner vertelde hem dat wat hij voelde gewoon het gevolg was van een gebrek aan vitamine D, dat in de huid wordt aangemaakt wanneer je je blootstelt aan de zon, en dus minder wanneer je overdag slaapt omdat je 's nachts werkt. Ze beloofden dat je voor een vast bedrag per maand dat tekort bij hen kon komen inhalen, de eerste maand was gratis.

De Zon was vierentwintig uur per dag toegankelijk. De eerste keer was er nog een vrolijke jongen geweest die hem instructies en een toegangspasje had gegeven, maar vanaf dat moment was alles selfservice. 's Nachts was er nooit iemand van het personeel aanwezig, maar ze hadden er geen bezwaar tegen dat hij dan langskwam. In theorie was het ook logischer om je juist in de nacht te laten behandelen voor een gebrek aan daglicht, gaven ze lachend toe, maar hij was nog nooit iemand anders tegengekomen.

'Ik weet ook niet precies hoe het werkt,' zei de inbreker tegen de man. Van tevoren had hij zich er ook nauwelijks een voorstelling van kunnen maken. Het beeld in zijn hoofd had misschien nog het meeste weg van een zonnebank, of een soort douchecabine met een bouwlamp erin, maar de werkelijkheid was heel anders en lastiger uit te leggen. 'Maar je kan wel mee.

Moet je wel even je schoenen uitdoen.'

De man schopte zijn pantoffels uit en zette ze naast de schoenen van de inbreker, die naar een deur aan de andere kant van het kleedkamertje liep en zijn pasje opnieuw voor een sensor hield. Met twee piepjes werd de stevige stalen deur ontgrendeld, de inbreker keek de man even aan en duwde de deur open.

Hij was er zelf al aan gewend geraakt, maar het was alsof hij het door de ogen van de man opnieuw voor het eerst beleefde. Zodra de zware deur achter hen dichtviel werd het pikdonker. Hij hoorde de man achter hem geschrokken ademhalen. Hij stak zijn hand uit in de richting van de man, die hem stevig vastgreep.

'Je went zo aan het donker,' zei hij zachtjes, hij ging automatisch fluisteren als het donker was. 'Kom,' zei hij en hij deed een paar stappen naar voren. De man bewoog voorzichtig met hem mee. 'We moeten verder naar binnen. Wacht. Hoor je dat?'

Hij hoorde hoe de man zijn adem inhield. Alleen een zacht geschuifel was te horen, hun sokken op de betonnen vloer. Het beton was glad en altijd net iets warmer dan hij verwachtte. In de verte stak een diep gebrom op, als een generator die wordt aangezwengeld, en er ging een trilling door de lucht. De man kneep nog wat harder in zijn hand.

'Hier is een afstapje,' zei de inbreker. Hij kon zijn eigen voeten inmiddels herkennen. Zijn ogen raakten gewend aan het donker, maar achter in de ruimte was met het gebrom ook langzaam een licht gaan branden. Er golfde een oranje gloed op hen af.

Iedere keer was hij weer gedesoriënteerd wanneer hij de ruimte licht zag worden. De loods was altijd groter dan hij zich herinnerde, tientallen meters hoog en lang, zo'n hal waarin ze schepen bouwen. Van de buitenkant viel die loods nooit op, maar als je er binnenstapte en het licht langzaam aanging was die enorme ruimte er opeens, met de lege bakstenen muren en de stalen balken onder het dak, en dan achterin, ergens tussen vloer en plafond, een zwevende oranje bal waarvan het licht hun steeds helderder en warmer tegemoetkwam.

De man liet zijn hand los. De inbreker keek om en zag hem staan in tinten oranje, zijn blik gefixeerd op het licht. Hij herinnerde zich de eerste keer dat hij het zelf zag. Toen was er niemand om zijn verbazing mee te delen. De vrolijke jongen had hem niet veel verteld en was achtergebleven in de kleedkamer. Hij zag de man kijken en begreep zijn verwarring. Zijn ogen hadden die eerste keer simpelweg niet kunnen inschatten waar de bal zich precies bevond. Het leek enorm, hoog aan de hemel, kilometers ver, maar tegelijkertijd begrepen zijn ogen ook dat hij in de loods stond, en dat het dus nooit werkelijk zo ver kon zijn. Dat intuïtieve vermoeden en die rationele gedachte kon hij nog voelen botsen en wrijven, en hij zag het nu gebeuren bij de man.

'Heet het daarom zo?' vroeg de man. 'Is dat de Zon?'

'Ik weet het niet,' zei de inbreker. 'Ik weet niet wat het is.'

Ze aanschouwden het in stilte. De randen van de bal golfden zelfs als de randen van een waterige ochtendzon, een zomerzon boven het zeeoppervlak. Het was een soort goocheltruc. Er waren geen kabels te zien, je zag niet hoe ze die bal daar lieten zweven. Je wist dat het eigenlijk niet kon, maar je kon ervoor kiezen om je toch in de maling te laten nemen, om te geloven in de magie.

De man leek bijgekomen van de eerste verbazing en begon in de richting van de bal te lopen.

'Ik ga even kijken,' fluisterde hij.

Toen de inbreker ging zitten en hem nakeek zag hij hoe groot die bal was in vergelijking tot hen, en hoe hoog de loods was. De man werd een heel klein mannetje, een donker silhouetje met een helmpje op dat heen en weer liep met zijn hand in zijn zij, zijn hoofd in zijn nek.

De inbreker leunde achterover op zijn ellebogen en sloot zijn ogen. Vaak bracht hij zijn tijd hier in die houding door, zitliggend in stilte terwijl het warme licht op zijn gezicht viel. Hij wist ook niet wat hij anders moest doen en in koele nachten kon alleen de warmte al genoeg zijn. Het maakte hem loom en hij werd er rustig van, soms viel zijn hoofd even om. Hij wist niet hoelang hij zo gelegen had toen hij de sokken van de man weer dichterbij hoorde komen. Naast hem hielden ze stil.

'Ik snap niet hoe ze dat gedaan hebben,' zei de man. 'Echt ongelooflijk.' Hij zakte door zijn knieën, ging naast de inbreker op het warme beton zitten in dezelfde zitlighouding.

Je kon niet te lang naar de Zon kijken, in ieder geval niet recht in het licht. De inbreker bracht de meeste tijd hier binnen dan ook door met zijn ogen dicht, kijkend naar de vlekken die de Zon erop had achtergelaten. Nu keek hij naar de man die naast hem lag, de vlekken zweefden om hem heen. Het kon het zachte licht zijn, maar hij zag er zorgeloos uit. Opeens zag de inbreker glimpen van hoe de man er ooit uitgezien moest hebben, voor hij eindeloos in bed lag en zijn gezicht grijs werd. Het zonlicht deed hem goed.

'Doe je dit iedere nacht?' vroeg de man.

'O nee,' zei de inbreker. 'Ik weet ook niet of ik mijn abonnement wel ga verlengen.'

'Waarom niet?' vroeg de man verbaasd.

'Ik weet niet of het wel echt werkt,' zei de inbreker. Hij had meteen weer de neiging om zachter en langzamer te praten. De man had zijn ogen alweer gesloten. 'Ik zou wel willen geloven dat het zo simpel is, dat ik me alleen maar somber voel omdat ik te weinig daglicht zie. Maar altijd als ik hier zit ga ik daaraan twijfelen. Het helpt maar tijdelijk. Ik kan even tot rust komen als ik hier zit, maar als ik straks naar buiten ga is dat alweer weg.'

'Hm.'

'Als ik hier lig denk ik altijd: wat als dit gewoon is wie ik ben? Wat kan ik dan nog doen?'

Hij had de man eerder nog niet echt als een serieuze gesprekspartner gezien, maar nu was dat juist fijn. Hij was niet bang om iets geks te zeggen omdat de man al zoveel gekke dingen had gezegd.

'Ik reed een paar weken geleden door de straat waar ik vroeger woonde. Niet eens expres, ik was eigenlijk al vergeten dat ik daar had gewoond, maar ik reed die straat in en ik herkende het meteen. We woonden daar op vier hoog in een klein appartement, niet eens heel lang. Ik denk dat ik drie was toen we daar weggingen. Ik ben daar voor de deur gestopt en ik keek naar boven, alsof ik verwachtte dat ik zelf nog voor het raam zou staan. Ik wist dat ik daar ooit naar buiten gekeken had, dat moest wel, maar ik kon het me gewoon niet meer herinneren. Ik wist dat ik daar gewoond had, maar ik wist niet meer hoe dat voelde. Snap je?'

'Hm.'

'Ik stond daar gewoon voor mijn eigen deur, maar ik was niet thuis. Ik was vlakbij, en toch was het helemaal buiten handbereik. Ik weet gewoon nooit of de wereld verandert of dat ik het zelf ben. Soms voelt mijn leven als zo'n loopband, weet je wel, zoals op een vliegveld. Ook als ik stil probeer te staan ga ik vooruit. Ik stond daar voor de deur en ik dacht: als ik hier nou kon inbreken en terug naar mijn eigen kamer zou kunnen gaan. Maar dat kon niet. Ik kan alleen maar vooruit.'

De inbreker deed zijn ogen open om te kijken of de man in slaap gevallen was, maar hij lag nog te luisteren, met een vage glimlach op zijn gezicht, zijn hoofd wiegde zachtjes heen en weer.

'Ik weet ook helemaal niet waarom ik een inbreker geworden ben,' zei de inbreker. 'De meeste tijd ben ik niet eens aan het inbreken, maar ik weet ook niet wat ik dan wel aan het doen ben. Dus als ik stop met inbreker zijn, wat blijft er dan van me over?'

Toen het even stil bleef kwam de man een beetje overeind. 'Jouw probleem is niet dat je inbreker bent,' zei hij. 'Het is dat je mens bent.' Hij maakte een golfbeweging met zijn hand, spreidde zijn vingers en liet ze door de lucht glijden, tot hij zijn hand plotseling balde tot een vuist. 'Als je ons probeert te vangen dan glippen we door je vingers.'

'Ik moet misschien wel wat bekennen,' zei de inbreker. Als hij het nu niet zei zou hij het nooit zeggen. 'Ik heb die touwen nooit gezien. Ik deed alsof. Ik maakte je alleen maar los omdat jij zei dat je vastzat.'

De man glimlachte en ademde uit door zijn neus. De inbreker had zijn reactie gevreesd, maar de man leek juist te ontspannen. 'Ik weet het,' zei hij met het hoofd gebogen. 'Die touwen zijn een metafoor. Dat is mijn probleem. De metaforen worden te echt en dan kom ik erin vast te zitten. Wat je moet onthouden is: je wist dat de touwen er niet waren, en toch heb je me bevrijd.'

19

Niemand had haar toestemming gegeven het huis binnen te gaan zonder te bellen, maar ze had een afspraak, was dat niet genoeg? Toen ze eenmaal een paar stappen in de gang had gezet voelde het ook overbodig om weer helemaal naar buiten te lopen om alsnog aan te bellen. Ze wilde wel even roepen om haar aanwezigheid aan te kondigen, maar zelfs de ledlampjes in de nepkaarsen brandden niet en ze wilde niet onverhoeds iemand wekken. Ze wist niet wat er achter al die deuren zat.

Zachtjes liep ze de trap op naar de overloop, waar ze tot haar geruststelling een oranjegeel licht onder een van de deuren door zag schijnen. Moest ze nog aankloppen? Ze keek op haar telefoon.

02:00

Haar telefoon moest stuk zijn, de tijd stond stil. Ze wist niet of ze te vroeg of te laat was, maar ze klopte aan en werd meteen verzocht binnen te komen.

'Ik heb de bel helemaal niet gehoord,' zei de

Slaapcoach toen ze de kamer binnenstapte. Een lamp aan het plafond vulde de ruimte met een warm licht. In het midden bij het bed stond de Slaapcoach het dekbed te vervangen. Het nieuwe dekbed had hetzelfde duizelingwekkende motief als de loper op de trap.

'Nee, klopt,' zei Floor. Ze voelde zich betrapt. 'Ik dacht dat je de deur al had opengezet zodat ik niet –'

'De deur stond open?'

'Ja.'

De Slaapcoach keek even fronsend naar de vloer. 'Hm. Vreemd. Je hebt 'm wel goed achter je dichtgetrokken?'

'Natuurlijk.'

'Top.'

'Ben ik op tijd? De tijd op mijn telefoon doet raar.'

'Je bent precies op tijd. Ik maak dit nog even af en dan kunnen we wat mij betreft beginnen. En we hebben geen haast, hè? De klok gaat om drie uur een uur terug, dus we hebben een uur extra.'

Zolang hij praatte klonk het altijd logisch, pas als ze weer thuis was ging ze dingen vreemd vinden. In de kern was het misschien ook niet zo raar wat hij vroeg, ze moest nu gewoon haar kleren uitdoen en in bed gaan liggen. Het enige rare daaraan was dat het niet haar eigen bed was. Terwijl ze op de bedrand ging zitten om haar schoenen uit te doen verdween de Slaapcoach even naar het zijkamertje. Ze trok haar broek en haar trui uit en kroop vlug onder het dekbed, dat nog kraakte van frisheid. Ze wilde het niet laten blijken, maar ze was toch zenuwachtig voor wat er zou komen. Ze keek naar het schilderij boven het bed. Zo op haar rug liggend zag ze het ondersteboven, waardoor het niet de slapende man was die door de engel werd bezocht maar andersom. Het zag er niet eens zo vreemd uit, de bloemblaadjes, het glinsterende zand viel simpelweg de andere kant op, van de man naar de engel, misschien had de schilder het ook wel zo bedoeld.

Het licht werd gedimd tot Floor het schilderij niet meer kon zien en het volledig donker werd in de kamer. Ze hoorde voetstappen op het parket. 'Ben je klaar?' vroeg een stem.

Van oudsher werd slapen geassocieerd met vrijheid, legde de Slaapcoach uit. 'Je deed je ogen dicht en er ging een wereld voor je open waarin we allemaal gelijk zijn. Slaap is de rijkdom van de armen en de bevrijding van de gevangenen, de onverschillige rechter tussen hoog en laag, schreef Sir Philip Sidney, zestiende eeuw. Slaap zorgt voor het juiste evenwicht tussen de koning en de herder, en de simpele met de wijze, zegt Sancho Panza in *Don Quichot*. Wat zou het fijn zijn, schreef Samuel Pepys in zijn dagboek, als we in ons graf lagen en konden dromen, dan hoefden we niet zo bang voor de dood te zijn als in deze tijden van pest.'

Zijn stem leek nog zachter en rustiger in het donker, als de stem van een meditatie-app die Roosmarijn haar ooit had aangeraden en die ze na enkele minuten alweer van haar telefoon had gegooid. Zijn voetstappen bewogen rond het bed en hij leek iets te verplaatsen. Terwijl hij sprak stak er een zacht geruis op in de verte, het duurde even tot Floor begreep dat ze de zee hoorde, golven die zachtjes braken en uitrolden op het zand.

'In deze moderne wereld waarin we alles zeker moeten weten, wie we zijn en wat we doen, is dromen misschien wel de laatste vorm van verzet. Als we dromen laten we ons niet opleggen wat logisch is, we laten ons niet vertellen wat kan en wat niet. Het is helemaal van ons, onze eigen wereld. En toch, als we wakker worden en terugkeren naar deze overbelichte wereld, dan lachen we het weg, noemen we onze dromen belachelijk en beperken we ons tot wat we kunnen uitleggen aan een ander, dat wat normaal en begrijpelijk is. We doen onszelf daarmee gigantisch tekort, we zouden zoveel over onszelf kunnen leren als we onszelf de ruimte zouden geven om vrijelijk te dromen, om het onverklaarbare toe te laten in ons dagelijks leven.'

Het matras was zachter dan bij haar thuis. Misschien hadden die advertenties toch een kern van waarheid en bestonden er echt matrassen die zich vormden naar haar lichaam in plaats van andersom. Er leken af en toe zachte trillingen door het matras te gaan, als diepe bastonen door een speaker.

'Daarom weiger ik ook als mensen naar me toe komen met de vraag of ik hun dromen kan uitleggen. Ik ben geen waarzegger, ik ben de Slaapcoach. Het is niet dat ik niet geïnteresseerd ben in hun dromen, het is dat ik ze toch niet zal kunnen begrijpen. Er valt niets uit te leggen. Onze taal is daar simpelweg niet toereikend voor. Die logica, die causaliteit waar we overdag zo aan hechten, die sijpelt overal in door. Het zit in onze woorden, onze zinsbouw, maar dromen hebben daarmee niets van doen. Soms lijkt een droom nog wel op een verhaal, omdat onze hersenen ter plekke de chaos van onsamenhangende beelden proberen te interpreteren, maar veel vaker zijn ze gewoon die onsamenhangende beelden. Als je dat gaat uitleggen blijft er niets van over. De beelden veranderen constant, je kunt ze niet vastleggen. Als we erover gaan praten houden we die verandering tegen, dan onderwerpen we ons aan de wereld waaraan we juist proberen te ontsnappen. Dat is de tragedie,' zei de Slaapcoach. 'We kunnen alleen onszelf zijn als we dromen, als we niet bekeken worden, maar we zullen nooit aan iemand anders kunnen uitleggen wie dat dan precies is. Tegelijkertijd vind je daarin de grootste vrijheid die er is. Tenminste, als je het aandurft om je daaraan over te geven.'

Er vielen soms lange stiltes tussen zijn woorden. Floor wist niet wanneer ze antwoord moest geven en of ze dat zelfs nog wel zou kunnen. Haar lichaam leek al te slapen, alleen haar hoofd was nog wakker. Zijn stem was als de temperatuur in de kamer, perfect om bij in slaap te vallen.

'Het is tijd om te dromen, Floor. We moeten onszelf bevrijden van dit lichaam, dit hoofd, zodat we eindelijk volledig onszelf kunnen zijn.'

Ze dacht een gezoem te horen, een trilling die dwars door het bed, dwars door haar heen ging. Een geluid als de ruis van een versterker. De voetstappen van de Slaapcoach leken weg te lopen, maar zijn stem bleef dichtbij.

'Het belangrijkste is dat je er niet over praat,' zei de Slaapcoach. 'Je moet er alleen aan denken, je moet het voor je zien.'

Een golf sloeg om. Er klonk muziek.

[Bruce Springsteen – 'Dancing in the Dark']

Ze had een terugkerende droom dat ze televisie zat te kijken. Op het scherm stond een vrouw in een keuken tomaten te snijden. De camera kwam langzaam naar haar toe. De vrouw moest op een gegeven moment opkijken en lachen in de lens, maar ze timede steeds net verkeerd. Ze was te vroeg of te laat, of haar gezicht vertaalde niet de juiste emotie. Ze keek naar steeds weer hetzelfde shot, steeds op een andere manier net niet goed.

'Opnieuw,' hoorde ze iemand buiten beeld roepen. Na een paar keer begon ze de muziek op de achtergrond te herkennen. Het was Bruce Springsteen, de titelsong van *Vloer*.

I get up in the evening
And I ain't got nothing to say
I come home in the morning
I go to bed, feeling the same way

Op dat moment in de droom begreep Floor dat ze naar zichzelf zat te kijken, dat zij het was op televisie. 'We doen het nog één keer,' zei de stem buiten beeld voor de derde keer. Een stem die nu ze eraan terugdacht ging lijken op die van de Slaapcoach, zacht en rond. De camera kwam opnieuw dichterbij. Op de snijplank zag Floor de tomaten die inmiddels al zo vaak gesneden waren dat er alleen nog maar een nat hoopje rode blubber overgebleven was.

Het was een realistische droom, maar ze had 'm inmiddels al zo vaak gehad dat ze wist dat het niet echt kon zijn. Ze zat in haar eigen huis en keek naar de televisie, maar in haar eigen huis had ze helemaal geen televisie. Het was haar werk, zei ze altijd, niet haar hobby, en toch hing daar in haar droom opeens een scherm aan de muur waarop ze zichzelf zag acteren. In alle gewoonheid voelde de droom toch als een nachtmerrie. Ze voelde walging als ze naar die televisie keek, geen enkele beweging van haar was natuurlijk, geen woord overtuigend. Ze keek naar zichzelf en dacht: dat ben ik niet.

Ze had gedacht dat het een nachtmerrie was over *impostor syndrome*, de beangstigende gedachte dat ze niet werkelijk iets kon, dat ze alleen maar deed alsof. Een angst waar je als acteur geen kant mee op kan, het is immers je werk om te doen alsof. Maar ze moest haar droom niet interpreteren, had de Slaapcoach gezegd, ze moest het gewoon zien.

'Cut!' riep iemand buiten beeld. Bruce Springsteen bleef zingen.

I ain't nothing but tired
Man, I'm just tired and bored of myself
Hey there baby, I could use just a little help

Je wordt getroost met de gedachte dat het allemaal niet echt is. Een nachtmerrie zal vanzelf vervagen als je wakker wordt. Maar dat gebeurde steeds niet. Ze wist ook niet meer of het gevoel nou begonnen was in haar droom, of dat ze er juist over bleef dromen omdat ze het overdag voelde. Ze wist niet of ze echt kampte met een impostor syndrome of dat ze zich dat inbeeldde, maar ze kon het simpelweg niet van zich afschudden als ze de set op liep. Het kroop steeds dieper in haar. Soms kon ze dat beter verbergen dan op andere momenten, steeds vaker was ze zichzelf niet.

Ze had geprobeerd *off script* te gaan om van het gevoel af te komen. Soms zien woorden er op papier nog wel goed uit, maar klinken ze hardop niet als zinnen die je personage geloofwaardig zou kunnen uitspreken. Daar kom je vaak pas achter als de camera's al draaien, dan moet je als acteur improviseren en vertrouwen op je gevoel. Vaak voel je wel waar een scène ongeveer heen moet en soms vang je de geest van het verhaal nu eenmaal beter als je de woorden op papier niet zo letterlijk neemt.

Breen had de scène onderbroken. 'Wat zeg je nou allemaal?' vroeg hij geïrriteerd.

'Hm?'

'Wat zei je nou net?'

'Dat ik off script moet gaan.'

'Ja, ik begrijp dat je dat zei, maar dat staat hier toch niet?' Breen bladerde demonstratief door de stapel papier in zijn handen.

'Het zijn gewoon niet de juiste woorden, ik dacht, ik geef er een eigen invulling aan.'

'Wat bedoel je daar nou weer mee?'

'Ik vind het niet geloofwaardig.'

'Ja hallo!' had Breen geroepen. Hij stak zijn armen machteloos uit. 'En jij denkt: daar kom ik halverwege een scène mee?'

'Mijn personage heeft ruimte nodig, Breen. Dat heb ik al gezegd.'

'Wat?'

'Er moet toch een keer iets gebeuren? In welk seizoen zitten we inmiddels? Acht? Ik ben nog steeds geen steek verder.'

'Floor, please, niet weer deze discussie. Werk nou gewoon even mee. Hou je gewoon aan de tekst, ik heb het echt niet zomaar voor niks opgeschreven. Aan het einde zul je het allemaal wel begrijpen.'

Terwijl Breen zijn stem verhief had ze geprobeerd het beeld uit te stappen, maar de camera was haar blijven volgen terwijl ze achteruit het decor uit liep. Ze struikelde half over een rol kabels, zo de leegte in. Als Breen haar niet uit de serie wilde schrijven dan zou ze zelf een uitweg creëren. Ze wist niet meer precies wat ze geroepen had. Het was vast een hoop emotie en frustratie van sluimerende ongemakken die ze eerder had opgekropt en er hadden vast ook woorden tussen gezeten die ze beter niet had kunnen zeggen, waar ze zich inmiddels alweer voor schaamde. Misschien had ze zelfs wel haar beide middelvingers opgestoken naar iedereen en niemand in het bijzonder, misschien had ze een statief met een lamp omvergeduwd, misschien had ze geroepen dat iedereen de tering kon krijgen, had ze de camera vastgegrepen en in de lens geroepen: 'Leuk hè, zo'n serie waar geen reet in gebeurt?'

Maar wat beklijfde was niet zozeer die ruzie zelf, en al die dingen die ze wel of niet gedaan had, het was dat Breen uiteindelijk niets meer terugriep. Hij had zich naar de camera toe gebogen. 'Heb je dit?' vroeg hij. 'Blijf draaien, blijf draaien.' De camera volgde haar tot ze de deur van de studioruimte achter zich dichtsmeet en woedend de straat op liep, geen idee waarheen.

De droom met de televisie, de ruzies op de set, ze had ze steeds op afstand gehouden in een poging de afspraken hier te behouden als een plek waar dat allemaal niet bestond, waar het alleen maar over slapen ging. Nu kwam het allemaal tegelijk en het vulde haar met schaamte. Niet omdat ze ruzie had gemaakt en woedend de deur achter zich dicht had gesmeten, maar omdat ze de volgende dag was teruggegaan en haar excuses had aangeboden. Iedereen had die excuses gewoon aanvaard. Joh, kan gebeuren. Stress, we laten ons allemaal weleens gaan. Ja toch? Juist goed. De opnamen waren gewoon doorgegaan alsof het niet eens gebeurd was, er werd alleen nog aan gerefereerd als grap. Weet je nog, Floor? En dan liepen ze met hun middelvingers opgestoken het decor uit en dan moest iedereen lachen. Ze schaamde zich dat ze was gaan meelachen, terwijl ze wist dat haar gevoelens tijdens die ruzie echter waren dan iedere scène die ze vanaf dat moment speelde. Ze bleef die tomaten snijden, de titelsong ging door.

You can't start a fire
You can't start a fire without a spark
This gun's for hire
Even if we're just dancing in the dark

Was dit de bedoeling? Had ze het goed gedaan? Ze wist niet hoelang de Slaapcoach al stil geweest was en ze vreesde dat ze even was ingedommeld. Of was dat nou juist weer de bedoeling? Floor opende haar ogen, maar het was te donker om iets te zien. Ze onderdrukte de neiging om iets te zeggen, de Slaapcoach had haar op het hart gedrukt niet te praten.

Misschien had het ook wel gewerkt. Ze lag heerlijk op haar rug, met een diepe zucht trok een kalme gelatenheid door haar lichaam. Haar gedachten bewogen niet langer in een neerwaartse spiraal, ze meanderden zachtjes onder haar door. Ze trok het dekbed nog wat omhoog, het was zacht en fris. Het kon best dat dit de meditatieve staat was waar de Slaapcoach over had verteld. Ze hoorde wat gerommel buiten de kamer en dacht: daar zul je hem hebben, hij is vast nog even druk in het zijkamertje, maar er trok een schok door haar lichaam toen ze naast zich in bed plotseling iets voelde bewegen.

De schrik had haar de adem benomen, in een reflex zocht ze op de tast naar het lampje op haar nachtkastje, dat zich natuurlijk niet in de praktijk van de Slaapcoach bevond, maar tot haar verrassing vond ze het wel. Het was haar eigen nachtlampje, voelde ze toen haar hand het schakelaartje vastgreep, het was haar eigen kamer, zag ze toen het licht aanging, haar eigen bed. De wereld tolde om haar heen, ze kon geen woord uitbrengen, het was doodstil. Naast haar lag Mark, die onverstoorbaar door alles heen sliep. Zijn ademhaling gestaag, als golven op een strand.

IV

20

'Ik zie niks meer,' riep de man. De Zon was met een klap uitgegaan. Het licht was verdwenen en alleen de galm van de klap wees erop dat de loods om hen heen er nog was. De man had de arm van de inbreker weer vastgegrepen.

'Het licht is alleen uit,' zei de inbreker. Hij zei het zo normaal mogelijk, maar het had hem ook verrast. Meestal ging de Zon geleidelijk uit, dan werd het gezoem langzaam minder, als een uitrollende motor. Voor hem was dat meestal het teken om op te staan en terug te gaan. Tegen de tijd dat hij het kleedkamertje bereikte brandde de oranje bal dan nog, hij had de weg terug niet eerder in het donker hoeven vinden.

Hij trok de man achter zich aan in de richting waar voor zijn gevoel de deur ongeveer moest zijn. Na de klap was het akelig stil geworden en met het verdwijnen van het licht werd de lucht ook snel koeler. Als hij hem kon zien was het al lastig inschatten hoe groot de loods was, maar in het donker kon hij zich helemaal niet meer oriënteren. De ruimte leek nergens op te houden. Hij schoof zijn voeten steeds een stukje vooruit om het opstapje te voelen voor hij erover zou struikelen. De man kneep in zijn arm.

'Ik heb nog eens nagedacht,' zei hij. 'Ik denk dat je me niet naar huis kunt brengen.'

'Mijn grootste zorg is op dit moment dat we hier weer uit komen,' antwoordde de inbreker. Zijn tenen stootten tegen het opstapje. Natuurlijk zouden ze dit gesprek op den duur moeten voeren, maar hij stelde het liever nog even uit.

Uiteindelijk hadden ze toch een muur bereikt, welke kant ze ook op gelopen waren, en toch was hij opgelucht dat hij de koele metalen deur voelde. Het donker maakte onzeker, een deel van hem had er rekening mee gehouden dat ze eindeloos zouden doorlopen, tastend naar een deur die al lang verdwenen was. Maar toen hij de klink omlaagduwde merkte hij dat de deur niet meewerkte. De klink ging wel omlaag, maar het mechanisme binnenin bleef stil.

'Lukt het?' vroeg de man voorzichtig.

'Nee, misschien is er toch iets kapot.'

'Kun je de deur niet gewoon openbreken?'

'Nee.'

'Hoe doe je dat anders dan? Hoe deed je dat bij mijn deur?'

'Dat kan niet met deze deur. Hij opent naar ons toe, daar kan ik niks mee.'

'Moeten we dan wachten tot er iemand van de andere kant komt?'

De man kwam naast hem staan en duwde ook zelf nog een paar keer op de klink. Hij bonsde op de deur en begon te roepen. De inbreker probeerde hem stil te krijgen door een hand op zijn mond te drukken. Er moest toch een andere uitgang zijn voor het geval zoiets gebeurde?

Ze liepen tastend langs de muren van de loods. Hij de ene kant op, de man in tegengestelde richting. Ze hadden allebei even geaarzeld toen ze uit elkaar gingen, maar het feit dat ze opgesloten zaten was in dit geval ook een voordeel. Hoe groot die loods ook was, ze konden elkaar niet kwijtraken.

Misschien was er toch iets misgegaan, had het systeem een vreemdeling zonder abonnement binnen de muren opgemerkt en hen automatisch opgesloten. Of dat systeem was er juist mee opgehouden, de stroom lag eruit, zoiets. Niemand had hem verteld wat hij moest doen wanneer hij opgesloten zat in hun gigantische loods. Hij kon het noodnummer niet opzoeken, zijn telefoon had geen bereik, misschien was de enige oplossing hier wachten tot het dag werd. Dat de loods volledig donker was maakte de situatie er ook niet overzichtelijker op. De zaklampfunctie van zijn telefoon haalde weinig uit. Hij kon op de muur schijnen, op zijn voeten, maar het licht was niet sterk genoeg om door de loods heen te dringen, het ging op een gegeven moment op in het niets. Hij liet zijn handen over de stenen muur glijden om nog enig gevoel van controle te houden, door zijn sokken heen voelde hij dat het beton steeds verder afkoelde.

De hoek was dichterbij dan hij verwachtte, maar

de lange zijde die volgde leek eindeloos. Ze hadden afgesproken te roepen als ze iets vonden, maar het was al tijden stil. Hij vroeg zich af of de man hem wel zou roepen en toen vroeg hij zich af of hij zelf wel zou roepen, of dit niet het aangewezen moment was om stiekem naar buiten te glippen. Alleen al door die gedachte voelde hij zich schuldig. Het zou ook niets helpen. De man was niet echt het probleem. Hij had hem uit zijn bed gehaald, nu moest hij hem daar ook weer terugleggen.

Galmend als door een bergdal kwam hem een stem tegemoet, door de echo hoorde hij niet precies waar het geluid vandaan kwam.

'Waar?' riep hij terug.

'Hier!' riep de man vanuit het donker. 'Een deur!' De mededeling werd gevolgd door galmend gerammel.

De inbreker liet de muur los en liep dwars door de leegte op het geluid af. Het donker was koud en ijl, hij ademde het in door zijn neus en hij voelde het in zijn longen. Hij merkte niet eens dat hij vooruitging, het beton gleed onder zijn voeten door, maar de stem werd steeds een beetje luider en hij zag een groene lichtstip langzaam groter worden. De stip werd een rechthoek, erin verscheen het symbool van een nooduitgang. Een geopende deur, met een mannetje dat erdoorheen sprint. In het groene licht keek de man hem trots aan. Hij had de deur al geopend, de nevel gleed traag naar binnen en kleurde groen.

Op hun sokken bewogen ze haastig langs de loods in de richting van de wachtkamer. De stoep was koud en vochtig, de inbreker liep op zijn tenen en sprong steeds naar de droogste stukken steen. Toch waren zijn sokken nat toen hij de scooter eindelijk zag staan.

'Mijn pantoffels liggen daar nog binnen,' zei de man. Hij keek naar de sokken van de inbreker. Zíjn schoenen en zijn trainingsjack lagen nog in de kleedkamer.

Het tl-licht uit de wachtruimte scheen door het glas naar buiten, maar als de inbreker zijn pasje voor de sensor hield bleef het stil. Het lampje op het kastje brandde ook niet meer. Hij legde zijn handen op het glas en tuurde naar binnen. Hij rammelde aan de deur maar durfde niet door te zetten. Hij begreep zelf nog niet wat er precies was gebeurd, laat staan dat hij het zou kunnen uitleggen aan een gealarmeerde beveiligingsmedewerker die dacht dat hij een inbreker was.

'Is het ook inbreken als je gewoon even je eigen spullen wilt ophalen?' vroeg de man.

'Ik denk het wel.'

De man had zijn trainingsjack nog aan. Hij voelde in zijn zakken en leek opgelucht toen hij de espressokopjes tegen elkaar hoorde rinkelen.

Er ging een rilling door het lichaam van de inbreker. Het was fris buiten. Niet eens zo lang geleden hadden ze nog in de warmte van de Zon gezeten, nu werden ze in de kou aan hun lot overgelaten. Tot zijn opluchting had hij in ieder geval zijn scootersleutels in zijn broekzak gedaan.

‘Ik denk niet dat het gaat lukken,’ zei hij. ‘Ik kom morgen wel terug, dan neem ik je pantoffels ook mee.’

De man stond naast de scooter. Hij ging met zijn vinger over de zitting en leek alweer ergens anders te zijn met zijn gedachten. De inbreker liep nog een aantal keer heen en weer, tuurde door het glas naar binnen om te kijken of er toch niet iemand was.

‘Wat is ons plan nou precies?’ vroeg de man.

De inbreker voelde de holte in zijn borst. Hij had het de hele avond uitgesteld in de hoop dat het probleem zichzelf zou oplossen, maar nu ze hier stonden wist hij niet eens meer of het nog wel een probleem was. En als het geen probleem was, waarom waren ze dit dan allemaal aan het doen?

‘Ik zat te denken...’ ging de man verder. ‘Ik geloof dat ik ook niet helemaal eerlijk ben geweest tegen jou. Ik zei dat het vrijheid was om te schrijven in je hoofd, zonder plan, om gewoon te doen wat je gevoel je ingeeft. Maar toen we net naar de uitgang aan het zoeken waren dacht ik: misschien moet ik je ook vertellen over het gevaar.’

De inbreker gaf het op en liep terug naar de scooter. De man keek naar zijn vinger terwijl hij lijnen trok in de dauwdruppels op de zitting.

‘Wij zijn vloeibaar, zie je, we stromen. Vanzelf komt uiteindelijk de vraag: waarheen dan? Ik zeg: alle kanten op, altijd. Daarom schrijf ik in mijn hoofd. En ik kan tegen jou zeggen dat dat vrijheid is, maar de waarheid is dat ik dat zelf niet altijd geloof. De wereld drukt op ons, zie je? Ze willen dat we vaste vorm aannemen. En soms wordt die druk zo groot dat ik denk dat ze gelijk hebben. Dat de twijfel ergens ophoudt. Dat het geen verhaal is om te blijven stromen, dat er een ontwikkeling moet zijn, een doel, dat je de helderheid moet vinden om te weten wat je wilt opschrijven en er een punt achter moet zetten. Ik voel dat het tegen mijn natuur ingaat, maar ik voel ook de verleiding, zie je. Wat als het waar is? Wat als die twijfel echt ergens ophoudt? Dat we alleen maar onze vinger in het kaarsvet hoeven te steken om te kijken hoe het stolt in de koele lucht. Dat we een moment nemen en het vastleggen. Dat we naar onszelf wijzen en zeggen: dat ben ik. Snap je wat ik bedoel?'

'Eerlijk gezegd heb ik geen idee,' zei de inbreker.

'Dan zal ik het concreter zeggen: ik denk dat we nog niet klaar zijn. Ik denk dat er nog iets moet gebeuren voor je me terug naar huis brengt.'

'Maar wat wil je dan? Dat is de enige manier waarop ik je kan helpen.'

'O, maar ik kan jou ook helpen,' zei de man. 'Als jij rijdt dan vertel ik je hoe we er komen.'

De man gaf hem de routeaanwijzingen terwijl de mist langs hun gezichten zoefde. De korte mouwen van zijn T-shirt wapperden in de koude lucht, zijn voeten werden langzaam gevoelloos. De man leek exact aan te voelen waar ze moesten doorrijden en afbuigen. Hoe hij dat deed was de inbreker een raadsel. Er was weinig te zien en alles leek op elkaar. Het leek gestoord volledig te vertrouwen op iemand die alles om zich heen slechts half leek mee te krijgen, maar de inbreker had sterk het gevoel dat hij niets meer te verliezen had. Hij had nog niets gevonden, hij was alleen maar dingen kwijtgeraakt. Volgens de app stond hij deze nacht toch al in de min.

21

Iedere nacht was er wel een moment dat Id dacht aan alle mensen die sliepen terwijl hij nog aan het werk was. De grillroom was al uren leeg, hij haalde een doekje over de tafelzeiltjes en duwde een zwabber over de vloer. Het kon een kalmerende gedachte zijn, er was niets dat hij zou missen, er was niemand die hem zou storen, maar het maakte hem ook moe. Het soort vermoeidheid dat dommelende mensen in de bus moeten voelen als hun hoofd steeds opzij tegen het raam valt.

Hij keek naar zijn telefoon, die stil op de toonbank lag. Hij dacht aan Ines in hun bed, hoe ze 's nachts soms op haar rug rolde en onbedaarlijk kon snurken. Hij kon het geluid al horen als hij eraan dacht en dan verwonderde hij zich erover dat er zoveel geluid uit zo'n beleefde vrouw kon komen. Het was een warme gedachte dat iemand zo op haar gemak kon zijn bij hem dat ze vol overgave durfde te slapen.

Het was drie voor drie. Hij keek naar de klok en wist even niet meer zeker of hij de wijzers al had teruggezet. Er was geen manier om dat zeker te weten, de klok zou hem daar in ieder geval geen uitsluitsel over geven. Hij moest vertrouwen op zijn geheugen. Natuurlijk maakte het ook niet uit of hij de klok nu zou terugzetten of niet. Ines zei het ook, de klok trok zich niks van hem aan. De wereld zou hetzelfde blijven, alleen die klok zou verkeerd staan.

De klok hing hoog boven de toonbank, vlak onder het systeemplafond aan een spijkertje in de muur. Hij zou ergens op moeten staan om erbij te kunnen. Zijn ogen gleden door de grillroom, ze bleven rusten op een stel krukken dat aan het barretje tegen de muur stond, onder de televisie, waar mensen altijd gingen zitten als ze in hun eentje waren en ze hun eten naar binnen schoven alsof ze bang waren dat iemand het van ze zou afpakken.

Op de televisie zat een vrouw rechtop in bed. Ze had het licht aangeknipt en keek angstig om zich heen. Haar snelle ademhaling kwam snerpend uit de speakers. Op de televisie worden mensen nooit zomaar wakker, zei Nino, er is altijd iets aan de hand. Id liet de krukken wiebelen om te kijken of hij er veilig op zou kunnen staan. Het zitgedeelte was overtrokken met nepleer. Het was allemaal niet echt bedoeld voor comfort, gewoon iets om op te zitten terwijl je haastig iets eet waarvan je weet dat het niet heel goed voor je is.

Hij sleepte de kruk langs de toonbank. Het lastigste zou zijn om erop te klimmen, bedacht hij nu. Terwijl hij op de toonbank leunde lukte het hem net om met beide knieën op de kruk te komen, maar toen hij daar eenmaal zo zat was het hem onduidelijk hoe hij vanuit die houding kon gaan staan. Hoe hadden ze dat eerdere jaren gedaan? Had Nino het toen geregeld? Hadden ze niet nog ergens een ladder staan? Had iemand die klok ooit wel verzet of hadden ze het altijd maar gelaten en stond-ie om de zoveel tijd een halfjaartje goed? Hij had eigenlijk nooit naar die klok gekeken. Niemand deed dat nog, iedereen keek gewoon op z'n telefoon, maar toch wrong hij zich hier in bochten om hem te verzetten.

Toen hij overeind probeerde te komen wiebelde de kruk, hurkend vond hij zijn evenwicht. Nog steeds hing die klok veel te hoog. Hij zou op zijn tenen moeten staan om erbij te kunnen. Het was hem een raadsel waarom iemand, waarschijnlijk Nino, dat ding zo hoog opgehangen had. Alsof niemand een plastic klok, overduidelijk het goedkoopste model, zou mogen aanraken.

Eén voor drie. Hij staarde naar de secondewijzer, die hypnotiserend traag zijn ronde maakte. Wat een wonder dat de dag soms voorbij kan vliegen terwijl een minuut zo lang duurt, dacht hij, en hij stond op zijn tenen, lichtte de klok van het spijkertje. Aan de achterkant zat alleen een klein zwart kastje met twee batterijen erin, niet eens een klepje ervoor. Alle tijd in zo'n goedkoop kastje, de wijzers zou hij gewoon met zijn vingers moeten verzetten.

Het was alsof hij rommelde met iets groters. Hij begon met de grote wijzer, bedacht te laat dat dat zinloos was en draaide die toen maar helemaal rond.

Alleen de kleine wijzer moest worden teruggedraaid en die draaide niet eens mee met de grote, blijkbaar hadden ze al die tijd al los van elkaar bewogen.

Twee uur. Alles was nog steeds hetzelfde, de grillroom was nog even leeg. Hij stond weer op zijn tenen, reikte omhoog om de klok terug te hangen en opeens was hij kwijt waar de vloer zich precies bevond. Hij was zijn evenwicht kwijt, hij had te lang omhooggekeken en al het bloed was naar zijn achterhoofd gestroomd. Hij voelde net op tijd dat hij uit balans was en wilde dat herstellen, maar dat deed hij met zo'n wilde beweging dat de kruk onder zijn voeten vandaan schoof.

Hij zette zich schrap, maakte zich klaar voor de val, maar hij had geen rekening gehouden met de toonbank die zich nog tussen hem en de vloer bevond. Onverwacht klapte zijn achterhoofd tegen een hoekige rand en onmiddellijk werd het zwart voor zijn ogen. Er gingen pijnscheuten door zijn rug en op de plek waar zijn hoofd de toonbank had geraakt werd het warm. In een fractie van een enkele seconde bereidde hij zich voor op de volgende klap, zijn ontmoeting met de koude tegelvloer, maar die kwam niet.

De pijn was verdwenen, zijn achterhoofd klopte nog zachtjes. Een warme druppel gleed zijn nek in. Hij voelde eraan en trok zijn hand meteen weer terug. Toen hij zijn ogen opende om te zien waar de vloer bleef wist hij eerst niet wat hij zag. De toonbank hing op zijn kop, nee, hijzelf hing op zijn kop. Zijn blik werd scherper en hij zag dat hij de vloer nooit geraakt had, dat hij gewichtloos geworden was en traag door de grillroom zweefde.

Hij was een homp vlees die om zijn as draaide. Onder en boven was verdwenen, het was allemaal in beweging. Aan zijn ogen gleden achtereenvolgend de toonbank, de vloer, de muren, het plafond voorbij. Hij stak zijn armen uit en bewoog ze door de lucht als door zwembadwater, maar het haalde niets uit, de grillroom bleef om hem heen draaien.

Id zag de kruk zweven op de plek waar hij ervanaf gevallen was. Hij zag waar zijn hoofd de toonbank had geraakt, er lag een plas bloed waar traag druppels uit opstegen, richting de vloer. Niet alleen hij ontbrak op die plek, ook de klok was verdwenen. Hij keek om zich heen om te zien waar de klok gebleven was en zag dat er iets zweefde naast zijn hoofd. Eerst dacht hij dat hij niet helder zag, dat de vlek op zijn netvlies dreef in plaats van ergens naast zijn hoofd, maar toen zag hij het duidelijker. Het waren de druppels bloed die uit zijn achterhoofd liepen en om hem heen bleven hangen. Het deed hem denken aan de druppels water die een kale man op het *Jeugdjournaal* had laten zien om te tonen dat op de plek waar hij zich bevond geen zwaartekracht was, maar dit was zijn eigen bloed.

Ergens achter die bloeddruppels tuimelde de klok door de lucht. Hij moest het ding meegenomen hebben in zijn val. De wijzers leken te zijn losgekomen, ze gingen voorwaarts op de wijzerplaat, achterwaarts, ze wezen allerlei willekeurige tijden aan. Het beeld op televisie leek stil te staan, de vrouw zat nog steeds rechtop in bed. Het geluid was verdwenen, zo stil was de zaak in jaren niet geweest. Uit de speakers leek alleen nog een diepe bastoon te komen, die de lucht zachtjes liet trillen. Het enige wat onverstoorbaar doorging was de dovenondertiteling. Zinnen verschenen en verdwenen, de tekst liep gewoon door terwijl er niemand meer was om hem uit te spreken.

Als Nino hier was geweest had hij hem aan zijn enkels naar de vloer kunnen trekken. Hij keek naar zijn telefoon op de toonbank. Als hij erbij kon zou hij Ines een bericht kunnen sturen, haar kunnen vertellen dat hij zweefde. Hij zag haar slapende gezicht, hij dacht aan het zachte bed. Hij dacht aan de warmte van haar lichaam als hij diep in de nacht thuiskwam, hoe ze doorsliep en toch zachtjes humde als hij tegen haar aan kroop. Hij wilde daar liggen, onder de dekens, maar hij gleed gewichtloos door een grillroom. Hij strekte een arm uit maar kon er niet bij.

22

Hij kon het niet uitleggen. Het gebeurde gewoon. Het zat ergens in zijn borst, het voelde warm. Het was een neiging om te schreeuwen, zonder dat hij wist welke woorden dan. *Boem boem.* Hij wierp zijn arm opzij, zijn hoofd bewoog vanzelf. Er was een ritme vanbinnen, niet te horen, het was fysiek. *Pauw pauw.* Zijn lichaam leidde een eigen leven, het bewoog al voor hij de bewegingen bedacht. Een pas, een pas, zijn sokken schuurden over de stoep. Hij draaide zich om. *Boem boem, pauw pauw.* Het was andersom, wist hij op momenten als deze, het lichaam dacht zelf, daarna kwamen de gedachten pas.

Ze hadden door de mist gevlogen en waren hier geland, onder een erehaag van scheef hangende bomen. Er moest nog iets gebeuren, had hij de inbreker verteld. Dit huis, hier moesten ze zijn. Hij had hun nacht een doel gegeven en het lag daar binnen, ze moesten alleen nog inbreken om het te vinden.

De inbreker had hem net iets te hard in zijn arm geknepen en gezegd dat hij moest wachten bij de scooter terwijl hij een ronde om het huis zou maken om te zien of er iemand thuis was, en wat de makkelijkste manier was om binnen te komen. Als er iemand langskwam moest hij doen alsof er niets aan de hand was, zei de inbreker, en toen was hij door een piepend poortje achter de hagen verdwenen. Er stond een lantaarnpaal vlakbij, de lamp leek te zweven in de nevel. De man had een tijdje om zich heen gekeken en geluisterd naar de stilte en toen was de muziek via zijn voeten zijn lichaam in geslopen.

Een pirouette, een sprong. Hij stapte het licht in, boog door zijn knieën en tikte een stoeptegel aan met zijn hand. Hij voelde de steentjes onder zijn vingertoppen. De melodie bewoog, trok hem uit het licht het donker in, de straat op. De kopjes rammelden in zijn zak. Hij zwaaide met zijn armen alsof hij iets van zich afschudde. Zijn hoofd deinde op en neer. Hij kon het niet stoppen, hij voelde zich lichter dan ooit. Het was gewoon hij, al die tijd al. De muziek die hij hoorde werd niet ergens anders afgespeeld door iemand met een hand aan de knop. Hij was het zelf, de muziek, de knop. Hij moest nog eens draaien, nog eens, terug de stoep op. *Boem boem. Pauw pauw.*

Hij was klaar om op te stijgen. Omhoog, de mist in, maar hij had plotseling zijn gewicht teruggekregen toen hij iets hoorde naderen vanuit de mist, een zacht getrippel. Hij had zijn hoofd opgetild en daar voor hem zat opeens een hondje.

Het hondje stond stil op ongeveer een meter afstand en keek hem zwijgend aan. Hoelang had het daar al gezeten?

Het hondje was klein genoeg om over het hoofd te zien, zijn ogen moesten ooit donker als koffie geweest zijn, maar nu waren ze bedekt onder een melkachtig waas. Het beestje was waarschijnlijk blind, toch voelde de man ineens hoe hij eruitgezien moest hebben voor een buitenstaander, zonder pantoffels, met een helm op zijn hoofd, dansend op muziek die niemand behalve hij kon horen. De ogen leken hem te volgen terwijl hij langzaam terug naar de scooter bewoog, het hondje bleef zitten en hurkte een beetje. Zijn oogleden knepen samen en na een tijdje zag de man een kleine drol tussen de achterpoten verschijnen. Het was een piepklein drolletje, maar het ging heel langzaam. Het hondje hurkte geduldig en al die tijd keken de blinde ogen de man strak aan. Alsof ze wilden zeggen: wat ga je eraan doen dan? Maar het kon ook dat ze niks zagen, dat ze dwars door hem heen keken en dat het hondje zich net zo ongezien waande als hijzelf een moment geleden.

Pas toen het hondje klaar was, overeind kwam en zich omdraaide om aan het drolletje te ruiken, werd duidelijk dat er ook iemand aan hem vastzat. Een riempje liep van zijn nek de mist in en daar was steeds duidelijker een schim te onderscheiden. Alsof de schim achter een gordijn vandaan kwam was hij plotseling goed zichtbaar. Hij had een lange regenjas aan en een geruite pet op. Hij liep voorovergebogen en maakte een oude en vermoeide indruk. De man zag dat de voorbijganger hem even aankeek van onder zijn pet en zijn blik meteen weer afwendde.

Het hondje kwam in beweging en samen leken ze zwijgend door te willen lopen, de hoek om de mist in, maar van achter de scooter keek de man van hen naar het drolletje en weer terug. Toen hij zijn keel schraapte hielden de voorbijganger en het hondje tegelijkertijd stil en keken ze om.

'Ga je dat ook nog opruimen?' vroeg de man.

Het huis leek hol, als een lichaam waar het leven uit verdwenen is. Veel huizen zien er zo uit 's nachts, als de bewoners slapen, en zeker weten doe je het niet totdat je naar binnen gaat, maar vaak voel je wel aan of er iemand thuis is. Inbreken is als liefde, zei Koert, in een oogopslag weet je of het gaat werken.

Het adres had niet in de app gestaan, maar de man had hem verzekerd dat er binnen iets waardevols zou liggen. Hij zei niet wat dat was, zijn woorden gaven altijd de indruk dat hij in een andere wereld leefde. Ze zouden inbreken in de diepere laag en de betekenis meenemen. Hij kon niet uitleggen wat hij daar concreet mee bedoelde, maar hij zei dat het vanzelf duidelijk zou worden als ze er waren. De inbreker liep om het huis heen en vroeg zich af of dat al zo was.

Een grindpad kronkelde door een goed onderhouden tuin, waar alles eruitzag alsof het er pas net was neergelegd. Van het gras tot de struiken en de bomen, het was allemaal zorgvuldig geordend, het had nog niet de kans gekregen om een eigen kant op te groeien, het gazon lag in strakke banen. De inbreker liep vlak langs het grindpad om zo min mogelijk geluid te maken, maar als hij naar de ramen keek voelde hij dat er niemand thuis was. De buren zouden hem ook niet kunnen horen, die woonden ver weg.

In de achtertuin was een ronde zwemvijver, slechts voor de helft te zien in de mist die over het oppervlak trok. Het water was donker, het leek er bijna niet te zijn. Hij hoorde het alleen, het klotste tegen de houten vlonder eromheen. Hij stond op die vlonder en keek naar beneden in het niets, hij had de verleiding moeten weerstaan om een duik te nemen.

Aan de achterzijde had het huis een brede schuifpui en een terras met een buitenkeuken. Op zijn sokken liep hij over het gras, dat geen enkel geluid maakte. Hij had geprobeerd om door de pui naar binnen te kijken, maar er was hem wat anders opgevallen waardoor hij werd afgeleid. Hij was onzichtbaar. Hij kon zichzelf niet zien in de reflectie van de ruiten. In donkere tinten zag hij vaag de omlijningen van de tuin, maar niet zichzelf op het gazon. Veel van het raam was donker, het reflecteerde niets, en hij was volledig onderdeel geworden van dat niets. Hij was dichterbij geslopen in verwarring en fascinatie, om te zien of hij ook van dichtbij onzichtbaar zou zijn, of hij werkelijk was opgegaan in de nacht, maar hij had de kans daartoe niet gekregen. Zodra hij het terras betrad schenen plotseling felle lampen in zijn gezicht. Zijn eerste reflex was stokstijf te blijven staan en zijn handen omhoog te steken alsof iemand hem had gevraagd dat te doen. Het was een kwestie van seconden voor hij begreep dat het gewoon bewegingssensoren waren. Hij liet zijn handen zakken en keek naar zichzelf in de reflectie, zonder trainingsjack, zonder schoenen, met een holte in zijn borst.

Rondom het huis stonden beelden in de tuin. Het grindpad vertakte zich en hij kwam bij een gouden zonnewijzer op een witte sokkel. Het stond daar niet voor praktisch gebruik, je hebt er ook niets aan in de nacht. De inbreker liet zijn vinger over de wijzerplaat gaan en verbaasde zich erover dat het metaal niet als metaal voelde. Het was warmer dan hij verwachtte en minder glad dan het eruitzag.

Terwijl hij langs het grindpad terug naar de voorkant van het huis liep bekroop hem een onheilspellend gevoel waar hij niet echt de vinger op kon leggen, maar dat sterker werd toen hij zag dat hij tussen de struiken door bekeken werd. Er stond een marmeren beeld in de tuin, een klassieke buste van een gespierde god. De struiken ritselden zacht langs zijn benen toen hij dichterbij kwam om het beter te bekijken. Misschien zouden ze het huis niet eens in hoeven, konden ze gewoon een paar van de beelden uit de tuin slepen. Het was de eerste keer dat hij zoiets bedacht. Er waren ook gewoon mensen die waardevolle dingen in de tuin zetten. Bij hen hoefde je de deur niet eens in te trappen, dat had Koert hem best mogen vertellen.

Van dichterbij zag het beeld er vreemder uit. Aan de zijkant van het hoofd zaten twee vleugeltjes, wijd gespreid. De uitdrukking op het gezicht was er niet een van trots, maar eerder van verdriet. Al kwam dat misschien ook door de stand van het hoofd, het hing een beetje gebogen, de ogen waren egaal wit.

De inbreker had het alleen even willen aanraken, zijn hand over het steen willen laten glijden om aan de groeven in het kapsel te voelen. Maar hij had een onverwachte beweging gemaakt en toen was een van de vleugeltjes afgebroken. Eerst schrok hij, bang dat hij zijn potentiële buit in één klap waardeloos had gemaakt, maar meteen daarna zag hij dat het al waardeloos was. Hij hield het vleugeltje in zijn hand en zag dat het van karton gemaakt was, of papier-maché. Op de plek waar het vleugeltje had gezeten zat nu een gat in het hoofd, waardoor hij kon zien dat het beeld vanbinnen hol was. Hij tilde het op en het woog niets, ook de sokkel was van dik karton, toch probeerde hij het terug te zetten zoals hij het had aangetroffen. Het afgebroken vleugeltje legde hij naast het beeld op de sokkel en hij liep terug naar de stoep, waar de man leunend tegen de scooter op hem stond te wachten.

'Ik weet vrij zeker dat er niemand thuis is,' zei de inbreker. 'Maar er is ook iets geks aan de hand, geloof ik. We moeten goed opletten.'

De man kwam van achter de scooter vandaan, samen liepen ze langs het grindpad naar de voordeur.

'Was de kust veilig?' vroeg hij aan de man. De man haalde zijn schouders op en knikte.

Het huis had een grote voordeur van gelakt hout, met een geribbeld raampje met spijlen ervoor. 'Ik denk dat dit de makkelijkste manier is om binnen te komen,' zei de inbreker, al had hij er nog niet over nagedacht hoe ze dat precies zouden doen. Hij was ervan uitgegaan dat hij ter plekke wel iets zou verzinnen, maar dat het zo makkelijk zou worden had hij niet verwacht.

'Moet je zien,' fluisterde hij naar de man. Ze hoefden de deur niet eens open te maken, die was al open. Die stond op een kier.

De inbreker gaf een zacht zetje. Geruisloos ging de deur open, erachter lag een ruime, hoge gang. Hij keek nog eens om naar de man, die niks zei, alleen gebaarde: ga maar.

'Inbreken gaat om twee dingen,' fluisterde de inbreker terwijl ze naar binnen slopen. 'Stilte en snelheid. Dus geen lawaai, en geen getreuzel, oké? Bekijk jij deze gang? Dan doe ik de andere kamers.'

Met die woorden verdween hij achter een van de vele deuren. De man had het niet eens gemerkt, zijn aandacht werd getrokken door een enorm schilderij dat de gehele breedte van een muur tegenover de trap bedekte. Ze hadden er zo dichtbij gestaan dat het schilderij niet in zijn geheel te bekijken was. De man zette nog een stap dichterbij, zodat hij de strepen van de kwasten in de verf kon zien, de spetters, de barstjes die erin waren ontstaan. De kleuren waren donker, maar onder al de zwarte vegen op het doek leek af en toe een warme kleur te gloeien, op zoek naar een uitgang. Alsof het schilderij ooit een andere kleur had gehad en de schilder op een gegeven moment geprobeerd had het allemaal over te schilderen en te verbergen, en daar slechts gedeeltelijk in was geslaagd. Het was een warme kleur geel, maar er waren ook spetters in lichtblauw en donkerrood. Hoe langer hij keek, hoe meer kleuren het werden en hoe meer spetters er verschenen, alsof ze er ter plekke nog op werden gesmeten. Hij legde zijn hand op het doek. De verf was droog maar leek te bewegen. Hij volgde de groeven van de kwast, soms rustig en golvend en dan opeens in wilde hoeken. De kleuren dreven langzaam van het doek af, de ruimte in, het golfde om hem heen. Een melodie trok warm door zijn borst, hij voelde de plotselinge drang om te dansen.

De inbreker stak zijn hoofd om een van de deuren. 'Ik begin me nu wel af te vragen waarom we hier ook alweer naartoe gingen.'

'Zie je dit schilderij?' vroeg de man.

'Er is iets vreemds aan dit huis,' ging de inbreker verder. Hij kwam achter de deur vandaan en liep op de man af. 'Het is een soort showroom, alles ziet er nep uit. Er liggen helemaal geen spullen in, alles is netjes opgevouwen. En toen vond ik opeens dit.'

De inbreker hield een regenjas omhoog. Hij was drijfnat, het water druppelde op het parket in de gang. 'Dit klopt toch niet? Hoe kan deze jas nou zo nat zijn als het dagen niet heeft geregend?'

De man leek het niet te horen. Hij deed een paar stappen van het doek vandaan en stak zijn handen ernaar uit alsof hij het net zelf had afgemaakt. 'Zie je dit?'

De inbreker liet de jas uit zijn handen vallen en bewoog onrustig door de gang. Hij liet zijn ogen even schichtig over het schilderij gaan.

'Ik zie het niet,' zei hij.

'Wat niet?'

'Wat het voorstelt.'

De man keek nog eens naar het doek en weer terug. 'Het stelt ook niet per se iets voor,' zei hij. 'Het is abstract.'

De inbreker keek nog eens. Hij tuitte zijn lippen en schudde met zijn hoofd. 'Nee, ik zie het nog steeds niet.'

Hij liep ongeduldig naar de trap. 'Ik vertrouw deze plek niet, maar we zijn nu toch binnen. Laten we nog even boven kijken. En nu meen ik het: als daar niets ligt breng ik je meteen naar huis.'

23

Floor zat rechtop in bed. Het licht was aan en het scheen op twee personen die in de deuropening stonden. Een jongen in een T-shirt en een oude man met een fietshelm op zijn hoofd. Ze hadden allebei geen schoenen aan. Direct nadat ze de deur hadden geopend verstijfden ze omdat hun blikken die van haar kruisten. Ze verstijfde zelf ook, ze was verlamd en ze kon geen woord uitbrengen. Het moment strekte zich eindeloos uit, tot de jongen erin slaagde iets te zeggen.

'Sorry. We wisten niet dat je thuis was.'

Zijn stem sloeg over terwijl hij dat zei, het klonk vreemd en ver weg. Floor probeerde nog steeds te begrijpen wat er gebeurd was. Ze keek om zich heen of ze de Slaapcoach zag. Vanuit het niets was zijn praktijk in haar eigen slaapkamer veranderd.

'We kwamen om in te breken,' zei de jongen.

'Hij is de inbreker,' zei de oude man naast hem.

'Ik weet niet of we goed zitten,' zei de jongen.

'Is dit de diepere laag?' vroeg de man.

Floor begreep geen woord van wat ze zeiden. Het lukte haar niet om haar blik scherp te stellen, de figuren in de deuropening bleven vaag en ver weg. Was dit wat de Slaapcoach had bedoeld? Ze wilde hem roepen om het te vragen. Ze probeerde het, maar er kwam geen geluid uit haar mond. Pas na een paar keer lukte het, een klein stemmetje uit de diepte.

'Hoort dit er allemaal nog bij?'

De figuren bewogen niet.

'Ja,' zei de man.

'De deur stond gewoon open,' zei de jongen. 'We kwamen alleen even kijken.'

'Is dit de nieuwe wereld?' vroeg Floor. Ze hoopte dat de schuifdeuren naar het zijvertrek zouden opengaan en dat het toch gewoon de praktijk geweest was. Maar de Slaapcoach hield zich nog schuil. 'Of is dit nog steeds mijn droom?'

'We weten nog niet precies wiens droom dit is,' zei de man.

Het plafond leek op te stijgen, of de vloer was aan het dalen. Floor voelde dat er een enorme diepte onder het bed ontstond. Ze begreep niet wat er gebeurde, het ging te snel om het te kunnen volgen, ze voelde een druk op haar borst alsof ze in een achtbaan zat die een looping maakte. De ruimte om haar heen leek te groeien, de figuren in de deuropening werden vage silhouetten. Aan een zijkant van de kamer schoven twee deuren uit elkaar en er kwam iemand naar haar toe.

'Wat gebeurt hier nou allemaal?' vroeg een stem. Ze zag niet scherp wie er binnenkwam, maar ze dacht te zien dat hij kaal was en een bril droeg en zijn stem klonk als die van de Slaapcoach.

‘Ik... Ik weet het ook niet,’ stotterde Floor. ‘Ik dacht even dat ik thuis was en toen stonden er twee figuren in de deuropening.’

‘Wat?’ vroeg de Slaapcoach, die op een afstandje bleef staan. Hij klonk verbaasd, maar het was net te donker om zijn gezicht goed te kunnen zien.

‘Het was een nachtmerrie, denk ik. Of is dat juist de bedoeling? Hebben we de andere helft gevonden? Ben ik nu vrij?’

‘Floor, waar heb je het allemaal over?’ vroeg de Slaapcoach. Zijn stem begon te golven, werd afwisselend hoger en lager en galmde tussen de muren.

Opnieuw had Floor het gevoel dat het bed in een vrije val beland was. Haar oren begonnen te suizen. Ze wilde zich schrap zetten voor de klap die ging komen en voelde een schok door haar lichaam gaan.

‘Wie zijn jullie?’ vroeg Breen aan de twee figuren in de deuropening. Floor keek om zich heen en zag dat ze niet in haar kamer lag, niet in de praktijk, maar op de set.

‘We zitten denk ik verkeerd,’ zei de jongen. Ze kon hem nu helder zien en ze zag in zijn ogen de angst voor Breen, die dreigend op hen afliep.

‘Zijn jullie van de crew? Moet ik jullie dan serieus nog uitleggen dat je niet zomaar de set op kan komen lopen als die rode lamp daar brandt? Wat begrijpen jullie niet aan stilte op de set?’

Floor zag dat Breen kookte van woede, maar hij schreeuwde niet, hij siste alleen. De man naast de jongen leek er minder van onder de indruk te zijn, hij had een lichte twinkeling in zijn ogen terwijl de regisseur zich zichtbaar inhield. Ze zag dat ze van opzij gefilmd werd. Toen ze in de lens keek liet de cameraman het beeld langzaam door de kamer glijden, naar Breen, die zich omdraaide en met stevige passen wegliep, naar een tafeltje dat ergens achter de camera stond. Terwijl hij een kan koffie pakte en uiterst langzaam een plastic bekertje volschonk probeerde hij tot bedaren te komen. Ze kon de koffie horen druppelen, ze zag de stoom eruit omhoogkringelen. Hij blies zachtjes in de koffie terwijl hij rustiger de kamer weer in liep. Hij leek in gedachten verzonken terwijl hij in het bekertje keek, alsof hij iedere stap opnieuw overwoog. De figuren waren in de deuropening blijven staan, in afwachting van wat zou volgen.

Breen liep naar het midden van de kamer en richtte zijn blik op. Hij haalde diep adem en smeet het bekertje toen zo hard als hij kon op de vloer. De spetters vlogen door de kamer.

Floor slaakte van schrik een kreet en hij draaide zich om met vuur in zijn ogen.

'Wat nou, Floor? Wat nou?'

'Je gaat toch niet met dingen gooien? Doe even normaal.'

'O ja? Is dat het? Moet ik normaal doen?'

'Je gaat toch niet met koffie gooien in mijn... op de set?'

'*Jij* gaat *mij* vertellen dat *ik* normaal moet doen?'

Breen gooide de stapel papier die hij in zijn

handen hield de lucht in terwijl hij met grote passen op haar afkwam.

'Floor, ik weet niet of je het hebt gemerkt, maar ik ben de enige hier die normaal doet. Deze *idioten* komen de set op gelopen terwijl we aan het opnemen zijn. *Jij* valt in slaap halverwege een scène. En dan moet *ik* normaal doen? Ik stop mijn hart en fucking ziel in deze serie, Floor. Elke dag probeer ik er het beste van te maken. Jullie worden goed betaald. We betalen een godsvermogen aan de catering om het jullie naar de zin te maken en wat krijg ik daarvoor terug? Een boel idioten die *mijn* show proberen te saboteren.'

Terwijl Breen voor haar bed tegen haar stond te schreeuwen zag Floor hoe achter hem een van de figuren, de oudere man, in beweging kwam. Hij stapte van de drempel af en hurkte om de papieren die Breen door de kamer gesmeten had op te rapen. De vellen die in de koffie terechtgekomen waren hield hij omhoog om ze te laten uitdruppelen.

'Ik heb je al gezegd dat mijn personage ruimte nodig heeft,' riep Floor terug. 'Maar *jij* weigert mij eruit te schrijven. Jij houdt mensen tegen hun zin in dit verhaal.'

'O, Floor, je hebt ruimte nodig? Welke ruimte? De ruimte om te slapen op je werk? Jij vindt jezelf zo belangrijk. Denk je nou echt dat jij de enige bent die zich zo voelt? Denk je dat ik nooit buikpijn heb als ik 's ochtends in de auto zit? Denk je dat ik me niet iedere ochtend op de plee binnenstebuiten kots?

Hoor je mij daarover klagen? Nee. Het is gewoon mijn werk, Floor. Het is gewoon jouw fucking werk. En nog fantastisch werk ook! Mensen dromen ervan om op jouw plek te zitten. Wees blij dat je geen saaie kantoorbaan hebt. Wees blij dat je niet meer voor halflege theaterzalen voorstellingen staat te spelen die niemand begrijpt. Als je het niet leuk vindt, dan kan je toch nog wel de fucking professionaliteit opbrengen om gewoon je werk te doen? Je loopt hier binnen en je zegt je teksten op, simpeler kan het niet zijn. Al die andere mensen hebben geen tekst, hè? Die moeten zelf verzinnen wat ze moeten zeggen. Wat is er met je gebeurd, Floor? Die eerste seizoenen was het toch goed?'

Toen had ik nog geen kritiek op je, dacht Floor. Je maakt van mij een hoofdrol en bij de eerste de beste weerstand probeer je me te straffen door een serie over me te schrijven waar geen eind aan komt.

Maar ze zei het niet. Breen begon zachter te praten en legde een hand op het dekbed. In een reflex kromp ze ineen.

'Raak me niet aan,' zei Floor.

'Fuck you,' zei Breen. 'Fuck you, Floor. Jij bent niet helemaal goed bij je hoofd, dat is het probleem van deze serie. Je komt vanuit het niets naar me toe met rare verzoeken om je uit de serie te schrijven, alsof dat kán. Je houdt verhalen over een of andere visagiste van wie niemand hier gehoord heeft. Mensen maken zich zorgen om jou, Floor, weet je dat? Je houdt je niet meer aan het script, je loopt opeens weg tijdens opnamen of je valt gewoon in slaap. En tegelijkertijd heb je wél het idee dat je beter bent dan iedereen hier. Je voelt je te goed voor televisie, je denkt dat je zomaar halverwege een seizoen weg kunt lopen, maar dat kan niet. Iedereen hier raakt zijn baan kwijt als jij ermee kapt. Als jij gaat gaan we allemaal.'

'Dat is gewoon chantage. Waarom moet het zo nodig over mij gaan?'

'Jij *bent* de serie, Floor. Hoe vaak moet ik dat nog zeggen? De serie heet *Vloer*, jij heet Floor. Dat is de grap.'

'Daar klopt dus niks van. Niemand snapt 'm.'

'Dat *is* de grap.'

'Het is maar een rol, het is maar tekst. Iedereen kan het zijn.'

'Nee, natuurlijk niet!' riep Breen uit. 'De tekst is maar de helft, het is alleen maar het idee, die andere helft ben jij. Jij bent het lichaam, jij bent de stem. Als het iemand anders was, zou het iemand anders zijn. Ik hoef jou toch niet uit te leggen wat acteren is? Die woede, die twijfel, weet ik veel wat er allemaal door je heen gaat, gebruik het! Leg het in je rol! De serie gaat daar juist over, die twijfel *is* je rol! Denk je dat het ook maar iets oplost als je stopt? Dan ben je toch nog steeds jezelf? Jij mijmert over vrijheid, maar dit is zo vrij als je ooit zult zijn. Wij zijn niet het probleem, Floor, jij bent het probleem. Jij zegt dat je de serie uit wilt, maar als we steeds op jou moeten wachten halen we het einde nooit.'

'Het einde, Breen? Het einde? Alsof je daar al over hebt nagedacht. Ik doe dit al zeven seizoenen! Zeven jaar! Dat is bijna een kwart van mijn leven en ik ben nog steeds geen steek verder dan seizoen 1. Het kan me niet schelen hoeveel die zenderbazen je betalen om er steeds maar weer een seizoen aan vast te plakken, maar dit is geen verhaal.'

'Juist wel! Een veel eerlijker verhaal dan al die series waarin mensen maar bereiken wat ze willen bereiken. Niemand kan daar troost in vinden, ze geven ons alleen maar verwachtingen waar we nooit aan kunnen voldoen.'

'Dat is toch geen troost? Dat is cynisme. Weet je wat een eerlijk verhaal zou zijn? Als je mij gewoon zou laten gaan. Laat iemand anders de tekst maar lezen.'

Floor had in de richting van de figuren in de deuropening gewezen, pas op dat moment leek Breen zich te herinneren dat ze daar nog steeds stonden.

'Staan jullie hier nou nog steeds?' riep hij.

'O nee,' zei de jongen. 'Wij zijn hier geen onderdeel van.'

'Natuurlijk wel,' zei de man naast hem. Hij duwde hem de stapel papier in zijn handen.

'Hou op,' zei de jongen. Hij probeerde de papieren terug te geven, maar de man hield zijn handen op zijn rug. 'Ik ben geen acteur, ik ben de inbreker.'

'Heel goed,' zei de man. 'Meteen off script.'

'O, een *inbreker*,' riep Breen spottend. 'Spannend, hoor! Is dat waarom jullie nog steeds op mijn fucking set staan? Omdat je pas weg mag als je iets gestolen hebt?'

'Nou...'

'Zoek maar wat uit, hoor. We gaan het allemaal toch niet meer gebruiken aangezien onze hoofdpersoon er geen zin meer in heeft. Wat dacht je van deze lamp? Teringduur spul, gewoon van jou als je wil. Nu zeggen.'

'Nee, het is wel goed zo. We gaan al.'

'Ho, nee,' zei Breen. Hij kwam gevaarlijk dicht bij de jongen staan en greep hem bij zijn arm. 'Zo makkelijk gaat dat niet. Als je het lef hebt om ongevraagd mijn set op te lopen, heb dan op z'n minst ook de beleefdheid om je aan het script te houden.'

De jongen zag eruit alsof hij ieder moment in zijn trainingsbroek kon plassen. De koffie drupte nog van het script in zijn handen. Hij keek van Floor naar het papier, en weer naar Floor.

'Lees dan!' schreeuwde Breen in zijn gezicht.

'Ik doe het niet.'

'Nou, was dat het? Floor, denk je nog steeds dat iedereen het wel even kan doen?' Breen zocht over zijn schouder kijkend steun bij de cameraman, die zijn blik duidelijk probeerde te ontwijken maar hem wel volgde met de lens.

De jongen keek Floor recht aan, schraapte zijn keel en zei het nog een keer, harder. 'Ik doe het niet.'

[Spannende muziek]

Breen keek direct om, de studioruimte in. 'Mag die muziek uit, godverdomme?' Zijn stem galmde nog na toen de muziek abrupt stopte, niemand durfde te antwoorden. Hij wuifde de figuren uit de deuropening weg. 'Genoeg gezien, jongens. Uit beeld nu, ik hoef jullie nooit meer te zien. En trek eens een paar schoenen aan, losers. Floor? Klaar? Beginnen we weer vanaf het moment dat je wakker schrikt.'

Breen schopte het koffiebekertje weg terwijl hij de kamer uit liep, de zwarte studioruimte in. Maar Floor antwoordde niet. Ze keek naast zich en zag Mark, die nog steeds door alles heen sliep. Ze sloeg de dekens van zich af en stapte uit bed.

'Ik doe het niet,' zei ze.

De regisseur keek haar aan. Ze zag hoe de woede zich binnen in hem verzamelde en er met een trap tegen het dichtstbijzijnde voorwerp uit kwam. Een statief met daarop een enorme lamp viel om en spatte in scherven uiteen op de studiovloer. Het was stil genoeg in de studio om het te horen knetteren. Floor voelde dat de haartjes op haar armen overeind gingen staan. Een zwaar gebrom naderde hen vanuit de diepte, een seconde later werd ze opgeslokt door het donker.

V

24

De ochtend naderde, zo leek het tenminste. De mist was weggetrokken en daarom was het mogelijk lichtblauwe wolken te zien hangen, hoog boven de grond, strak afgetekend tegen de donkerblauwe lucht die richting de horizon overging in groen, geel en uiteindelijk een donker oranje. In de mist waren het alleen maar grijstinten geweest, de lucht klaarde op en de kleur keerde terug. De wereld leek weer op de bekende wereld, na de chaos van onsamenhangende beelden kwam de stilte en de orde en het idee dat het allemaal achter de rug was. De lucht was fris, de zon zou zich spoedig laten zien en alles weer in beweging zetten, terug naar het vertrouwde.

Maar wat als ik zou zeggen dat de zon juist net was ondergegaan en dat de wolken die je ziet nachtwolken zijn. Bevroren deeltjes die zo hoog in de atmosfeer zweven dat ze de zon nog kunnen weerkaatsen nadat die ondergegaan is. Als ze zijn wat ze lijken is de ochtend nog ver. Dan is de nacht nog niet eens begonnen. De wolken vervormen snel op die hoogte, ze kronkelen en verdwijnen terwijl je ernaar kijkt.

Natuurlijk, nachtwolken zijn er gewoonlijk niet in deze tijd van het jaar en uiteindelijk zou je afhankelijk van de windrichting kunnen bepalen of de zon opkomt of ondergaat, maar je ziet ze toch? Waarom zou je je ogen niet geloven?

Ergens onder dit alles zat een man zonder pantoffels achter op een scooter, aan het stuur een inbreker. De man had zijn armen om hem heen geslagen en zijn hoofd tussen zijn schouderbladen gelegd. Hij staarde opzij terwijl de huizen geruisloos voorbijgleden. Het was logisch om naar huis te gaan. Alles zou weer mooi rond zijn, hij zou teruggaan naar waar hij vandaan gekomen was. Hij kon ook niet altijd maar buiten blijven, op een gegeven moment moest hij weer terug naar bed. Toch voelde hij ook tegenzin. Hij had steeds gedacht dat zijn ideeën in zijn bed lagen, maar de inbreker had hem laten zien dat zijn ideeën al die tijd buiten op hem lagen te wachten. Alles wat hij hoefde te doen was opstaan en vertrekken, zonder de inbreker had hij daar nog steeds gelegen.

Er was iets gebeurd sinds het begin, er moest iets veranderd zijn, maar hij wist ook niet precies wat dat was en of het zou beklijven. Eerst haatte hij scooters, nu niet meer. Was dat genoeg? Hij hield de inbreker nog wat steviger vast. Hij wist nog steeds nauwelijks iets over hem, maar dit lichaam was echt.

De gebouwen werden lager, de man begon de rotondekunst te herkennen, ze kwamen op bekend terrein. Nog maar een paar bochten, de scooter minderde al vaart.

'Je hebt er wel een rommel van gemaakt, ja,' zei hij nadat ze de voordeur voorzichtig hadden opengeduwd. Pas nu zag hij de scherven en de post, het bloed. Het leek erop dat er in de tussentijd niemand binnen geweest was. Geen buurtbewoner die iets van de inbraak had gemerkt, in ieder geval niemand die zich geroepen had gevoeld te helpen. De inbreker begon met opruimen maar de man hield hem tegen.

'Laat maar,' zei hij. 'Dat hoef jij niet te doen.'

Zijn benen werden zwaar terwijl ze de trap op liepen, ze leken te merken dat ze dichter bij zijn slaapkamer kwamen. De kamer lag er nog precies zo bij als ze die hadden achtergelaten, alsof hij alleen even naar de wc was gegaan om te plassen, maar het voelde als een eeuwigheid.

De inbreker hielp hem in bed en stopte hem in. Hij trok het dekbed op tot aan zijn kin en hielp hem met het afzetten van de helm. 'Wat ga je morgen doen?' vroeg hij aan de man.

'Ik weet het niet,' antwoordde de man. 'Beetje opruimen, denk ik. Stofzuigen. Die post maar even sorteren, kijken of er nog wat tussen zit. En misschien dat ik ook nog even ga schrijven. Ik ben een schrijver, zie je.'

'Ik zie het,' zei de inbreker. 'Heel goed.'

De man voelde het papier onder zijn pyjama over zijn borst schuiven. Toen ze het huis verlieten had hij het daar verstopt.

'Ik kan gewoon geen eindes schrijven,' zei hij tegen de inbreker. 'In mijn hoofd stopt het nooit.'

De inbreker haalde zijn schouders op. 'Misschien moet je het gewoon blijven proberen.'

De man knikte, misschien was dat ook wel zo. 'Wat ga jij morgen doen?' vroeg hij. 'Inbreken?'

De inbreker dacht daar even over na. 'Weet ik niet,' zei hij uiteindelijk. 'Ik ga in ieder geval nog even langs de Zon, kijken of ze onze spullen nog hebben.'

'O ja,' zei de man. Hij kwam half overeind en probeerde het trainingsjack uit te trekken. 'Je mag de espressokopjes wel hebben. Misschien krijg je er nog wat voor.'

De inbreker pakte het trainingsjack en de helm aan en liep aarzelend achteruit richting de deur. 'Red je het zo?' vroeg hij nog. 'Moet ik nog wat water voor je halen?'

'Nee, hoor,' zei de man. 'Ik geloof dat het wel goed is zo.'

25

Floor had de deur achter zich dichtgetrokken. Ze liep door lege straten. Iedereen sliep, zij spookte. Ze hadden de stad geëvacueerd en waren haar vergeten mee te nemen. Ieder naar een eigen wereld, die ze onmogelijk konden beschrijven als de zon weer opkwam. Ze was boven op een viaduct blijven staan waar een eindeloze stroom auto's onderdoor reed.

De rest van de stad was zo stil geweest dat ze bijna verbaasd was ze te zien, auto's op een snelweg, mensen in beweging. De bestuurders kon ze niet zien van boven, ze zag alleen de koplampen en de weerkaatsing van de oranjegele lantaarnpalen op de daken van de auto's. Ze dacht aan de oceaan en de visagiste die daar ergens in een eenpersoons zeilboot op dobberde. Hoe donker zou het zijn op open zee?

Het was zo lastig te zeggen, welke van al die gedachten van haar waren. Wat de bevliegingen waren die ze moest negeren, welke van al die stemmen haar innerlijke stem was. Je bent het allemaal, had iemand ooit gezegd, maar hoe moest ze dan kiezen? En als ze niet koos, hoe kon ze dan alles tegelijk zijn?

De banden ruisten op het asfalt, alles gleed onder haar door. Ze was uit bed gegaan, ze had zichzelf daar laten liggen. Ooit zou ze wel weer terug moeten, het zou weer ochtend worden, maar nu gaf de nacht haar een kalme helderheid. Daar op het viaduct leek geen van die gedachten van haar. Ze was het niet. Niets van dit alles. Ze stond er van een afstandje naar te kijken.

DANK AAN

Vrijwel alles in dit boek is geschreven in de Openbare Bibliotheek aan het Javaplein in Amsterdam. Ik wil de mensen daar bedanken voor het bewaren van zo'n belangrijke publieke ruimte. Tijdens het schrijven zat er naast mij soms een man te snurken. Er zouden meer plekken moeten zijn waar dat kan.

Het boek zou er niet zijn zonder de mensen van Das Mag, die me de vrijheid en het vertrouwen hebben gegeven om het boek te schrijven dat ik wilde schrijven. Isabel, Marscha, Daniël, Toine, Floor, Lyanne, Frank, Marcelle, zonder jullie liefde, aandacht en kunde had dit niet bestaan.

Ik dank De Speld, de beste schrijfschool die er is, en alle anderen die me blijven inspireren om de wereld tegemoet te treden met verwondering. Jan, Jurian, Yordi, bedankt dat jullie af en toe vroegen hoe het schrijven ging en dan niet moeilijk gingen doen als ik lang en warrig antwoordde. Sybren, Rik, Bowi, bedankt dat jullie er altijd zijn, ook als ik er zelf niet ben.

Bovenal is dit boek te danken aan iedereen die me een veilig thuis heeft gegeven. Mijn familie, mijn ouders, mijn zus en natuurlijk Julie, mijn zon.